인어를 보았다

박석근 단편소설집

인어를 보았다

실천문학

차례

이미테이션　　　　　　009
풍도기행　　　　　　　041
사랑하지 않으면 멸망하리　073
인어를 보았다　　　　　103
단식 시민　　　　　　　129
밤으로의 여행　　　　　157
삼가 명복을 빌다　　　　189

해설 조영범　　　　　　216
작가의 말　　　　　　　231

이미테이션

아버지는 얼굴 거죽이 벗겨진 채 꿈에 나타났다. 실리콘 가면 같은 거죽을 손에 쥐고 있었고 시뻘건 살갗에서 핏물이 뚝뚝 떨어졌다. 아버지가 천천히 나를 향해 걸어왔다. 나는 연방 비명을 지르고 사지를 버둥거렸으나 소리는 입 밖으로 빠져나오지 않았다. 나는 사지가 마비된 사람처럼 한동안 침대에서 꼼짝도 할 수 없었다. 잠시 아버지의 명복을 빌었고, 요양원에 있는 어머니를 떠올렸다. 흉몽은 어머니에게 안 좋은 일이 일어났거나 그럴 징조인지 모른다. 하지만 나는 요양원으로 연락하지 않았다. 만약 무슨 일이 일어났다면 그쪽에서 먼저 전화를 걸어올 터였다. 불길한 예감의 적중률은 언제나 높다. 흉몽을 꾼 그날 '천사의 집' 간호사로부터 전화가 왔다.

"어머니가 좀 아프셔요. 한번 와보셔야겠어요."

"어디가 또 아픈데요?"

나는 퉁명스럽게 물었다.

"기침이 멎질 않네요."

병원에 모시고 가라는 말이었다. 천사의 집은 요양병원이 아니기 때문에 병 치료는 순전히 보호자 몫이다. 간호사 말투는 하루빨리 어머니를 요양병원으로 모시고 가라는 뜻이다. 나는 바쁜 업무를 핑계로 전화를 끊었는데, 끊기 직전에 신경질적으로 이렇게 말했다.

"왜 자꾸 나한테만 연락하는 겁니까."

어머니는 나 말고 성이 다른 자식이 셋이나 더 있었다. 그러고 보니 새해 들어 나는 어머니를 한 차례도 면회하지 않았다. 돌아가시더라도 어쩔 수 없는 일이라 여겼다. 이태 전에 어머니를 그곳으로 보낼 때 원장은 인적사항을 기재하는 것 외에 다른 서류 한 장을 내밀었다. 연명치료 여부를 묻는 서류였다. 나는 연명치료를 반대하는 난에 두 번씩이나 동그라미를 쳤다.

천사의 집에서 전화가 걸려온 그날, 나는 하루 종일 서울과 지방을 오가며 아이돌 가수 U를 수행했다. 회사가 행사 일정을 너무 빡빡하게 잡는다고 불만을 토로했을 때 U는 운전이나 똑바로 하라고 면박했다. 쥐구멍에도 볕들 날 있다. 나는 나중에 두고 보자며 U에게 앙심을 품었다. U는 잠들었고 벤은 시속 130km를 넘나들었다.

지난겨울 '천사의 집'을 방문했을 때 나는 사무장에게 대놓고 항의했다.

"왜 나한테만 연락합니까. 다른 자식들은 뭐하고 있답니까."

답변이 돌아오는 데는 일초도 걸리지 않았다.

"장남이잖아요."

"내가 장남인 건 맞지만 나만 자식이 아니잖아요. 다른 자식들한테도 연락을 좀 하는 게 이치에 맞지 않나요."

"그럼, 그분들 연락처를 좀 가르쳐 주세요."

나는 그만 말문이 막혔다. 얼마 전에 휴대폰에 저장된 그들의 연락처를 모두 지워버렸기 때문이었다.

나는 어머니가 재혼한 후 고아나 다름없는 청소년기를 보냈다. 스무 살 즈음에 아버지가 어떤 사람인지 궁금해서 물었을 때 어머니는 이렇게 말했다.

"느이 아버지 말이냐? 느이 아버지는, 느이… 아버지는… 가수였다."

"가수요? 노래하는 그 가수요?"

나는 어머니의 말이 믿기지 않아 그렇게 되물었다. 나는 또 아버지가 무슨 병으로 죽었는지 궁금했다.

"그게 왜 궁금한데?"

"궁금하니까 궁금하죠."

어머니는 아버지가 무슨 병으로 죽었는지 말하지 않았다.

어머니는 그때 식당에서 날품팔이를 하고 있었고, 재혼해서 팔자가 펴지기는커녕 더욱 궁박해 보였다. 내가 어머니를 다시 찾아간 그날은 피크 타임이 지난 때였고 우리는 빈 식탁에 마주 앉았다.

"저한테 숨기는 게 뭐가 그리 많아요. 아버진 대체 무슨 병으로 죽었어요?"

"알아서 좋은 것도 있지만 알아서 나쁜 것도 있단다."

"좋은 거 나쁜 거 다 알아야겠어요."

그러자 어머니는 길게 한숨을 내쉬었는데, 나를 바라보는 그 눈빛이 지금까지도 기억에 생생하다. 그 눈빛은 뭐랄까, 한 생(生)을 다 내려놓은 듯했다.

"느이 아버지는, 느이 아버지는 말이다, 자살했다."

"왜요?"

순간 나도 모르게 그런 우문이 입 밖으로 튀어나왔다. 그 우문에 대한 답이라도 하듯이 어머니는 당당하게 말했다.

"느이 아버지는 가수였다."

*

그는 가수였다. 가수는 가수였지만 이미테이션 가수였다.

물론 처음부터 이미테이션 가수였던 건 아니었다.

그의 청소년기는 연예인이 광대 취급을 받던 시절이었다. 게다가 예능을 꿈꾸는 사람들은 대체로 가난했다. 그도 예외는 아니었다. 빈농의 아들로 태어난 그는 일찌감치 음악에 재능을 보였다. 그의 집에는 일제 기타와 기타 독본이라는 제목의 책이 있었다. 그의 삼촌은 그것들을 놔둔 채 도시로 떠났고, 그래서 그것들은 자연스럽게 그의 차지가 되었다. 낡은 일제 기타와 기타 독본, 돌이켜보면 이 두 개의 사물이 그의 인생 행보를 결정짓는 계기가 되었다.

노래를 부르기 전에 그는 기타 연주에 남다를 재주를 보였다. 기타 독본이 유일한 선생이었다. 그의 고향에 이런 이야기가 전해지는 것으로 미루어 천부적 재능을 타고나지 않았나 싶다.

어느 날 마을 뒷산 작은 암자에서 고시 공부를 하던 청년이 그의 집으로 밥을 먹으려 내려왔다. 그 청년은 공양주 보살이 사정이 있어 절간을 비울 때에는 가끔 그의 집에서 밥을 먹곤 했다. 청년이 집 마당을 들어서는데 인기척은 없고 방안에서 라디오 소리가 흘러나왔다. 청년은 발길을 돌리려다 멈춰서서 라디오 소리에 귀를 기울였다. 그 소리는 지금까지 한 번도 들어보지 못한 현란한 기타 연주였다. 이윽고 기타 소리는 그쳤지만 감동의 여운으로 인해 청년은 그 자리에 잠시 서 있었다.

그때 방문이 열리며 그가 기타를 들고 마당으로 나왔다.

"무슨 프로였냐?"

평소 소년과 안면이 있는 청년은 그렇게 물었다.

"프로요?"

"방금 기타 연주가 나온 라디오 프로 말이다."

"라디오 프로요? 라디오 없는데요."

청년은 당장 문을 열고 방안을 살펴보았다. 그런데 두 눈을 씻고 방안을 둘러봐도 라디오는 없었다. 청년은 비로소 그가 들고 있는 기타에 시선이 갔다.

"방금 네가 기타를 친 거냐?"

"네."

그날 청년은 그 기타 연주를 두 번이나 더 들었다. 첫 번째는 귀를 의심했기 때문이었고 두 번째는 귀를 확인하기 위해서였다. 그날 저녁 청년은 밥상머리에서 아이의 부모에게, 이 아이는 음악 천재이니 재능을 썩히지 말라고 권고했다. 하지만 그의 부모는 무지하여 음악적 재능이 어떤 것인지 잘 몰랐다. 또한 기타를 잘 치는 사람과 하모니카를 잘 부는 사람과의 차이를 알지 못했다. 촌구석에도 하모니카를 잘 부는 사람은 심심찮게 있었다. 일찍이 그의 재능을 알아본 청년의 안목을 의심해볼 수 있으나, 그 청년은 이듬해 고시에 합격했고 지금은 고위 공직자가 되었으니 그 안목이 엉터리였다고 볼 수는 없다. 어떻든 그의 아버지는 베짱이처럼 기타치고 노래 부르는 아들이 곱게 보일 리 없었다. 때리고 달래고 어르고 내쫓아도 아들의 예능 끼를 잠재울 수 없었다.

어느 날 그는 가출했다. 고등학교 이학년 때였다. 그는 서울로 왔고, 사흘을 굶은 끝에 중국집에 취직했다. 낮에는 배달 일을, 밤에는 음악을 공부했다. 그 무렵에 그는 장차 내 어머니가 될 여자를 만났다. 그녀는 사장 딸이었는데 가끔 카운터에서 손님의 계산을 도왔고 주방에서 양파를 까기도 했다. 갈래머리 소녀는 주방에 딸린 쪽방에서 들려오던 기타 소리에 귀를 기울이곤 했다.

그에게 노래란 밥을 먹는 행위와 같았다. 노래를 부르면 행복했고 노래를 부르지 않으면 불행했다. 노래를 부르면 시름을 잊었고 노래를 부르지 않으면 세상의 번민을 혼자 짊어진 사람처럼 보였다. 어머니는 그가 가수라는 걸 인정했다. 그래서 다른 남자들처럼 자식과 놀아주지 않아도, 아침 일찍 일어나 일터로 가고 저녁에 돌아오지 않아도 괜찮았다. 비록 없는 살림이지만 무대복을 사고 백구두를 사고 반짝이는 액세서리를 사고 이틀이 멀다하고 헤어숍에 가는 걸 감내했다. 그가 목숨처럼 소중히 여기는 것은 백여 벌의 의상과 스무 켤레의 백구두였다. 한번은 어머니가 다 같은 백구두인데 또 뭘 사들이느냐고 핀잔주었다. 그러자 그는 무대의 종류에 따라 신어야 할 구두가 다르다고 말했다. 백구두는 코가 아무런 꾸밈이 없는 것에서 뾰족한 것, 실선으로 날개 모양을 낸 것, 갑피에 버클과 벨트를 단 것, 코에 가죽을 덧댄 것, 발등에 가죽을 덧댄 것, 방울 장식을 단 것 등 제각각 모양새가 달랐다.

그는 힘을 얻기 위해서가 아니라 목소리를 얻기 위해 음식을 먹었다. 성대를 보호하는 데 도움이 되는 음식을 주로 먹었고, 성대 보호에 해롭다고 소문이 난 음식은 절대로 먹지 않았다. 커피가 목에 좋지 않다는 소문이 돌자 커피를 끊었고, 콩나물이 목소리에 좋지 않다는 소문이 있자 콩나물도 끊었다. 어쩌다 밥상에 그런 것들이 올라오면 아내를 심하게 나무랐다. 그런 식으로 목을 보호하다 보니 나중에는 먹을 수 있는 음식보다 먹을 수 없는 음식이 더 많아졌다.

노래를 향한 그의 열정은 거기서 멈추지 않았다. 고음의 한 옥타브를 올리기 위해 이름난 판소리꾼을 찾아가 가르침을 청했다. 판소리꾼은 득음을 하려면 단전에서 우러나온 목소리가 목구멍을 진동시켜서 피를 토해야 한다고 가르쳤다. 그는 즉시 그것을 실천에 옮겼고 마침내 피를 토했다. 아내는 목구멍에서 울컥 올라온 피를 보며 결핵일까 봐 기겁하며 당장 병원에 가라고 성화였지만 그의 얼굴은 희열로 들떴다. 어머니는 그가 가수라는 사실을 인정하지 않을 수 없었다. 저런 노력이면 뭐가 되든 되겠다 싶었다.

그러나 그는 단지 노래를 잘 부르는 밤무대 가수에 불과했다. 밤무대 가수의 생체리듬은 대체로 낮과 밤이 거꾸로 흘러간다. 하지만 그는 귀가 시각이 아무리 늦더라도 아침 아홉시면 기계처럼 일어났다. 그때부터 밤무대에 설 때까지의 시간을 자기 계발에 썼다. 창법을 연마했고 낡은 기타를 튕기며 노래를 만들었다. 밤무대를 벗어나 정식 무대에 서고, 나아가 방송국의 공중파를 탈 때 부를 자신의 노래였다. 그는 진정한 뮤지션이 되고 싶었다.

그가 이영훈이라는 이름을 버리고 당대 최고 인기가수 남진아의 이미테이션 가수로 살게 된 것은 우연한 계기였다. 밤무대를 하룻밤에 서너 군데나 뛰던 고향 선배 가수가 스케줄을 펑크 내자 그가 대신 남진아의 히트곡을 부르게 된 것이었다. 그런데 관객의 반응이 예상 밖으로 뜨거웠다.

"야 남진아하고 똑같네. 한곡 더 불러!"

재청을 받은 그는 그 무대에서 남진아의 히트곡을 세 곡이나 더 불렀다.

밤무대 가수는 자신만의 레퍼토리 외에 최고 인기가수의 히트곡을 부를 줄 알아야 했다. 사실 그동안 그는 남진아의 히트곡을 부를 기회가 없었다. 그날 밤 그 무대에서 남진아의 히트곡을 불렀을 때 처음으로 희열을 맛보았다. 밤무대 가수로 데뷔한 이래 앙코르를 받아본 것도 그때가 처음이었다. 뜻밖의 자기 발견이었고 성공의 가능성을 엿보았다. 관객의 뜨거운 갈채를 받는 순간 온몸의 세포가 꼿꼿이 일어나는 것을 느꼈다. 그는 그날 밤의 무대를 잊지 못했다. 자고로 연예인이란 관객의 갈채에 죽고 사는 운명을 타고난 사람이었다.

남진아는 가왕이었다. 전국 순회 공연장에서 여성 팬들이 실신하는 일이 심심찮게 벌어졌다. 어떤 팬들은 브래지어와 심지어 팬티를 벗어 던지기도 했다. 남진아의 동선에는 늘 경호원들이 따라붙었고, 신체 각 부위와 특히 목소리가 나오는 목은 천문학적 액수의 보험이 들어 있다는 소문이 돌았다. 거기다 팬레터는 매일 산더미를 이루었고, 남진아의 저택이 있는 행정구역 우체국은 아예 전담 직원을 두었다는 소식이 전해지기도 했다.

그는 남진아에 관한 일이라라면 사소한 것 하나라도 놓치지 않았다. 신문기사는 말할 것도 없고 텔레비전 연예 프로에 출연해서 한 말, 심지어 항간에 떠도는 작은 소문들도 소홀히 취급하지 않았다. 그는 그것들을 꼼꼼하게 수첩에 기록했고 주요 사항은 따로 떼어내 암기했다. 그리고 매일 남진아의 히트곡을 경기를 앞둔 선수처럼 전신 거울 앞에서 맹렬하게 연습했다. 거울 앞에는 남진아의 공연 파일이 재생되는 모니터가 있었다. 목소리와 리듬은 기본이고 손짓 발짓 어깻짓 등 미세한 몸동작 하나도 놓치지 않았다. 의상도 마찬가지였다. 외관은 물론이고 장식 구슬의 개수, 단추의 모양과 위치까지 정교하게 맞추었다. 이러한 의상 제작에는 실력이 검증된 디자이너와 제봉사가 동원되었다. 그는 밤무대에서 벌어들이는 수입과 거기에 빚까지 얻어 남진아를 닮는 데 쏟아 부었다. 남진아를 닮을수록 수입도 늘어났다. 그의 아내는 어느새 가수 나진아의 헌신적 조력자로 탈바꿈되었다.

그는 거기서 멈추지 않고 성형수술을 감행했다. 이미테이션 가수로 출발할 때에는 성형수술을 미처 생각하지 못했으나 미용사 P가 바람을 넣었다.

"코하고 턱만 좀 고치면 진짜 똑같은데."

미용 의자에 앉은 채 그는 몹시 아쉬워하는 P의 표정을 바라보았다. P는 유명 연예인들이 단골로 드나드는 성형외과 한 군데를 그에게 소개했다. P가 성형을 권고한 것이 자신의 이익 때문인지, 헤어디자이너로서의 완벽한 작품을 만들고 싶었던 순수한 마음 때문인지 알 길은 없지만 그는 수술을 하기로 결심했다.

그런데 남진아의 코는 결코 잘생긴 코가 아니었다. 전체 얼굴에 비해 코가 지나치게 크고 끝이 뭉툭했다. 게다가 사각턱인데다 그 중심은 함몰되었다. 팬들이 남진아에 매료된 것은 잘생겼기 때문이 아니라 남자다운 이미지 때문이었다. 반면에 그는 잘생긴 얼굴이었다. 만약 남진아의 얼굴대로 성형한다면 손해 보는 장사인 셈이었다. 하지만 그는 일말의 망설임도 없이 콧마루를 펴고 턱을 깎았다.

"베리베리, 베에리 굿!"

그가 성형을 하고 미용실에 나타났을 때 P는 호들갑을 떨었다. 자신감이 더해진 P는 조형 예술가처럼 그의 얼굴을 만들어 나갔다.

사물에 안과 밖이 있다면 사람은 내면과 외면이 있었다. 밖이 얼굴이라면 안은 인격이었다. 그러므로 똑같다는 말은 안팎이 모두 같다는 뜻이었다. 인격은 보이지 않는 추상이었지만 그는 완벽을 추구했다. 그는 집요하게 남진아의 인격에 관한 자료를 모으기 시작했다. 그것은 생각보다 어려운 작업이었다. 남진아의 인격에 대한 정보는 신문이나 주간지에서 어렵지 않게 찾을 수 있었고, 어떤 여성잡지는 수십 페이지에 걸쳐 사생활을 보여주었다. 그는 또 열혈 팬들이 만든 카페에 회원으로 가입하여 정보를 수집했다.

마침내 그는 인격이란 취향에 가까운 것이라는 결론을 내렸다. 취향이 인격을 결정하고, 인격을 알려면 그 사람의 취향을 조사해보면 된다는 결론을 내렸다. 남진아의 취향은 조금 독특했다. 사람을 만날 때는 탁 트인 공간에서 만났고, 지하실을 병적으로 싫어했다. 아침은 수프를 곁들인 빵 한 조각과 햄 에그 랩, 점심에는 생선 초밥, 저녁에는 한식을 주로 먹었다. 훈

제 연어 요리를 좋아하고 술은 맥주만 마셨다. 반면에 그는 소주와 삼겹살, 김치찌개 청국장 같은 음식을 좋아했다. 그런 식습관을 바꾸기란 말처럼 쉽지 않았다. 그것은 담배를 끊는 것 이상으로 인내력을 시험하는 과정이었다. 그는 식습관을 한꺼번에 바꿀 수 없다는 사실을 깨달았다. 그래서 한 주에 한 메뉴씩 익숙해지도록 하는 방법을 택했다. 이를테면 한 주의 점심은 김치찌개를 한 번도 먹지 않고 스테이크만 먹었다.

그는 마침내 식습관을 바꾸는 데 성공했다. 완벽을 향한 그의 열정은 거기서 멈추지 않았다. 남진아만큼 고액은 아니지만 불우 이웃 돕기 성금으로 피 같은 출연료를 기부했다. 그러고 나니 비로소 완벽을 향해 한 걸음 다가선 느낌이 들었다. 성현의 말씀은 참으로 옳았다. 원하는 걸 얻기 위해서는 버릴 줄도 알아야 한다.

밤무대에서 그의 인기는 절정을 향해 치달았다. 그의 소문은 금세 지방 소도시 나이트클럽까지 퍼졌다. 이미테이션 가수로 나서기 전과 후의 수입이 어느덧 하늘과 땅 차이 만큼이나 커졌다. 그의 수요처는 나날이 폭증했다. 남진아보다 이미테이션 나진아가 낫다는 말이 여기저기서 들려왔다.

어느 날 연예 기획사에서 계약을 하자는 제안이 들어왔다. 그는 B급 연예인에 준하는 조건이 제시된 계약서에 도장을 찍었다. 이튿날부터 기획사 소속 차량이 제공되었고 매니저가

스케줄을 관리해주었다. 그리고 오래지 않아 공중파를 탔고 그 효과는 그의 몸값을 대번에 두 배로 올려놓았다. 대중은 이제 남진아와 나진아를 동시에 인식하기 시작했다. 그 둘은 하나이면서 둘이고 둘이면서 하나였다. 남진아가 안줏거리 삼아 입방아에 오르면 금세 나진아가 등장했다. 그 둘은 바늘과 실이었으나 각자의 자리가 따로 있었으므로 결코 한 자리에 서는 법은 없었다.

그런 어느 날이었다. 가왕 남진아가 매니저를 통해 그를 한번 봤으면 좋겠다는 전갈을 넣었다. 사실 그는 이런 날이 오기를 기다렸다. 무엇보다 자신과 남진아가 얼마나 같은지 직접 확인해보고 싶었다. 한편 그는 걱정이 앞섰다. 왜냐하면 남진아가 자신을 고소할 수도 있기 때문이었다. 그래서 그는 초상권에 대해 공부했다. 초상권이란 사람의 초상을 당사자의 허락 없이 사용해서는 안 되며, 그것이 침해되면 손해배상을 청구할 수 있는 권리였다. 그는 남진아가 초상권을 주장할 수 없을 거라고 판단했다. 왜냐하면 초상권이란 사진이나 동영상 따위를 배포하여 타인의 초상을 침해하는 것인데 반해 그는 자신의 얼굴을 남진아와 똑같이 만들었기 때문이었다. 누군가의 외모를 모방한다는 것은 인간의 자유권에 속하는 권리였다.

그런데 남진아는 그와 단둘이 만나기를 원했다. 매니저를 포함해서 타인이 그 자리에 끼는 것을 원치 않는다고 했다. 그는 혼자 약속 장소로 나갔다. 한적한 교외에 자리 잡은 일식집 별관이었다. 그곳에 먼저 도착한 것은 그였고 약속 시각이 다가오자 긴장과 흥분이 고조되었다. 얼굴이 벌겋게 달아올랐고 심장이 마구 뛰었다. 일생에 한 번 대면하기 힘든 톱스타와의 독대도 그렇거니와 남진아가 무슨 말을 할지 종잡을 수 없었다. 그는 정신 줄을 다잡았다. 비록 남진아가 대중의 우상이긴 하지만 자신도 그에 버금가는 인기를 누리는 연예인이라고 생각했다.

대중의 우상이 다다미방문을 열고 안으로 들어왔다. 순간 그는 숨이 멎을 뻔했다. 남진아의 몸에서 광채가 났고 카리스마가 그를 압도했다. 나진아는 남진아 앞에서 아이처럼 왜소했다.

"아 행님, 차말로 내하고 똑같네!"

남진아가 손을 내밀며 말했다. 잠시 어안이 벙벙해진 그는 정신을 가다듬으며 상대방을 쳐다보았다. 자신 앞에 있는 사람은 분명 가왕 남진아였다. 투박한 경상도 사투리에 동네 아저씨 같은 사람일 거라고는 꿈에도 생각지 못했다.

"바 방금 저를 혀 형님이라고 했습니까?"

그는 긴장한 나머지 말을 더듬었다.

"마 내가 행님보다 두 살 아래다 아입니꺼."

그는 고개를 주억거렸지만 몸은 여전히 얼어붙어 있었다. 일식 요리가 상에 차려졌고 최고급 사케 잔이 한 순배 돌아갔다.

"행님, 부탁이 하나 있는데 들어줄랍니까?"

뜻밖에 남진아가 정색을 하며 말했다. 그는 무슨 부탁이냐고 되물었다.

"마 생각키에 따라 어려울 수도 있고 쉬울 수도 있는 부탁이라예."

그는 남진아가 일부러 경상도 사투리를 쓰는 게 아닌지 의심이 드는 한편 남진아가 초상권 운운하며 권리를 주장하거나 당장 이미테이션을 그만두라고 겁박하지 않은 것을 다행으로 여겼다.

"무슨 부탁인지 모르지만 목숨을 걸고 들어드리겠습니다."

"머 목숨까지 걸 건 없고."

"아 예."

"내가 행님이 되고 행님이 내가 좀 돼줘야 겠심다."

"무슨 말씀이신지?"

"그라이까 남진아가 나진아가 되고 나진아는 남진아가 되는 깁니다."

말을 마친 뒤 남진아는 그를 바라보며 "아 차말로 내하고 똑같네!" 하고 또 감탄했다. 그는 차츰 가왕의 말투에 익숙해졌다. 남진아의 소박한 어투와 다소 과장스런 몸짓은 자신감에서 우러나온 것이었다.

"죄 죄송합니다. 제가 워낙 말귀가 어두워서….”

가왕의 말뜻을 아직까지 제대로 파악하지 못했다는 말이었다.

"왕자와 거지 안 있잖니껴. 그것처럼 하자는 거라요.”

가왕은 누가 들을까 봐 주위를 경계하면서 목소리를 낮추었다. 그제야 그는 가왕의 말뜻을 알아들었다. 그러니까 가왕은 거지와 왕자처럼 당분간 서로 신분을 바꿔 살자는 제안이었다. 그는 또 한 번 크게 놀랐다.

"뭐 때문에…?”

"요새 이상한 가시나 하나 때문에 골치 아파 죽을 지경이라요.”

그것은 그도 익히 알고 있는 사실이었다. 최근 들어 가왕의 스캔들 기사가 스포츠 신문과 인터넷을 도배했다. 대중은 그 기사가 사실인지 소문인지 판명 날 때까지 기다릴 인내심이 없었다. 하기는 소문을 사실로 믿어버리는 경향은 대중의 속성이었다. 어떻든 가왕의 제안은 구체적으로 이러했다. 스캔들의 당사자는 나진아인데, 기자는 남진아로 착각했다. 사실관계가 확인되지 않은 오보로 인해 가왕 남진아의 피해는 실로 막심하다. 이미테이션 가수 나진아는 가왕 남진아가 피해를 보는 것을 더는 두고 볼 수 없어 기자회견을 열어 양심선언을 하는 바이다.

"한 번만 그리 해주모 행님이 원하는 걸 다 주겠심니다.”

그는 대중은 그렇더라도 상대방 여자를 속일 수는 없지 않겠느냐고 반문했다. 그러자 가왕은 그 여자를 사귄 지 얼마 되지 않았기 때문에 남진아와 나진아를 잘 분간하지 못할 거라고 했다. 단, 경상도 말투로 고쳐야 한다고 덧붙였다. 그는 속으로 말투를 고치는 것쯤은 식은 죽 먹기라 여겼다. 그는 즉답을 피하며 짐짓 신중한 태도를 보였다. 하지만 그건 어디까지나 반어법이었다. 가왕의 말뜻을 알아챈 순간 바로 결정을 내렸다. 하늘이 도와 완벽하게 남진아가 될 수 있는 절호의 기회가 찾아온 것이었다. 잠시 뜸을 들인 후 그는 가왕에게 나진아를 버리고 기꺼이 남진아가 되겠다고 말했다.

"일만 잘 성사되면 마 내가 집 한 채 값을 쳐주겠심다."

가왕이 그의 손을 움켜잡으며 말했다.

"나는 아무것도 필요 없습니다."

그는 집 한 채를 사양했다. 순간 가왕의 얼굴 표정에 당황한 기색이 비쳤다.

"아무런 조건 없이 내 부탁을 들어주겠다는 깁니까?"

그는 말없이 고개를 끄덕였다. 그러자 가왕이 그의 마음을 들여다보기라도 하듯 눈동자를 똑바로 보았다. 그는 가왕의 시선을 피하지 않았다. 그때 그는 보았다. 가왕의 눈꺼풀이 미세하게 떨리고 있는 것을. 순간 가왕은 한바탕 껄껄껄 웃었다. 돌이켜보면 그때 그 호방한 웃음은, 가왕이 완벽을 추구하는 그의 마음을 읽었기 때문인지, 아니면 바보라고 생각했기 때문인지 확인할 길은 없다.

그는 곧바로 가왕 남진아 어투 연습에 몰입했다. 경상북도 출신 남자를 고용해서 과외 식으로 사투리를 연습했고, 그리고 오래지 않아 완벽하게 남진아의 언어를 구사할 수 있게 되었다. 사람의 내면세계는 언어로 표현되므로 그는 이제 안팎으로 완벽한 남진아가 된 셈이었다.

그리고 그는 마침내 기자회견을 열었다. G 호텔 대회의장은 인산인해를 이루었고, 그의 표정과 몸짓이 바뀔 때마다 카메라 플래시가 연달아 터졌다. 신문사뿐만 아니라 각 방송사도 앞다투어 그 장면을 생중계했다. 국민들은 버스터미널, 기차역 대합실, 공항 라운지 같은 곳에서 라이브 자막이 떠 있는 TV화면을 지켜보았다. 기획사 소속 사회자 멘트가 끝나고 그가 마침내 입을 열었다.

"여러분, 이번 스캔들 당사자는 가왕 남진아가 아니라 바로 이 사람, 이미테이션 가수 나진아입니다. 그동안 본의 아니게 가왕 남진아 님이 피해를 입고 있는 것을 지켜보며 괴로웠습니다. 다시 한 번 고백하겠습니다. 이번 스캔들 당사자는 가왕 남진아가 아니라 지금 여러분들 앞에 있는 바로 접니다."

G호텔 대회의장은 찬물을 끼얹은 듯 순식간에 고요해졌다. 곧이어 여기저기서 웅성거리는 소리가 들렸다.

"당신은 가왕 남진아입니까, 이미테이션 가수 나진아입니까?"

기자들은 자신들의 눈을 의심했다. 그는 대답했다. 자신은 이미테이션 가수 나진아라고. 다시 대회의장이 술렁거렸다.

"이런 고백의 진의가 무엇입니까?"

기자 하나가 어수선한 분위기를 비집으며 질문을 던졌다. 그는 잠시 뜸을 들이다가 대답했다. 양심의 가책을 느꼈기 때문이며 무엇보다 존경하는 가왕 남진아 님에게 누를 끼쳐서는 안 된다고 생각했다, 라고 대답했다.

"가왕 남진아를 진심으로 존경합니까?"

그는 물론 그렇다고 대답했다. 연달아 이어지는 질문 공세를 사회자는 잘 막았고, 기자회견은 그것으로 막을 내렸다.

그날 G 호텔 대회의장에 왔던 기자들과 TV를 본 시청자들은 스캔들의 반전도 반전이지만 무엇보다 진위를 구별할 수 없는 그의 모습에 더 큰 충격을 받았다. 시청자 중 일부는 남진아와 나진아는 필시 일란성 쌍둥이 형제일 거라고 장담했다.

기자회견을 마친 날, 늦은 밤에 그는 전화 한 통화를 받았다. 가왕 남진아였다.

"행님, 테레비 잘 봤심니다. 테레비를 보면서 내가 무슨 생각을 했는지 아능교. 테레비에 나오는 행님이 내고, 그걸 지켜보는 내가 행님인 줄 착각했다 아임니꺼. 아무튼 잘 했심니다.

조만간에 사람을 보낼 테니 기다리소."

그때 하마터면, 오늘 기자회견을 한 자신이 진짜 가왕인데 무슨 말을 하는 거냐고 반문할 뻔했다. 그의 의식은 거기서 멈추지 않았다. 기자회견을 마쳤으니 자신이야말로 명실상부한 가왕 남진이라고 생각했다. 오랜 무명의 서러움을 딛고 일어난 가수 나진아는 가왕 남진이로 거듭났다. 물을 만난 이무기는 비로소 승천하는 용이 되었다.

그의 심리상태가 이상해진 것을 가장 먼저 눈치챈 사람은 아내였다. 그녀는 애써 그것을 모른 척했다. 처음에는 남편이 이미테이션 가수로 인기를 얻고 가왕 남진이로 사는 게 낯설었으나 이즈막에는 오히려 그게 더 편하고 익숙했다. 그녀는 남편이 이미테이션 가수로서 지켜야 할 선을 넘어버렸지만 기왕이면 철저하게 하는 것도 나쁘지 않다고 여겼다. 그런 생각 이면에는 남편의 늘어난 수입이 있었다. 어쨌든 그때까지만 하더라도 그녀는 남편이 무슨 문제를 일으키리라고는 꿈에도 생각하지 못했다.

큰 사고는 언제나 작은 문제로 시작되는 법이다. 그는 공공연히 자신이 진짜 가왕 남진이라고 떠벌리고 다녔다. 물론 그를 잘 아는 사람들은 그 말을 믿지 않았고, 간혹 그들과 말다툼을 벌이기도 했다. 그는 심지어 아내에게조차 자신이 진짜이고 TV에 나와 인기몰이를 하는 저놈이 가짜라고 주장했다.

그는 또 '왕자와 거지' 이야기를 예로 들며, 자신이 밤무대에서 노래를 부르는 것은 왕자와 거지처럼 어느 날 갑자기 신분이 뒤바뀌었기 때문이라고 설명했다. 아내는 그런 남편의 정신이 온전하지는 않다고 생각했지만 정신병원에 갈 정도는 아니라고 판단했다. 왜냐하면 남편의 그런 주장만 제외하면 정상인과 다름없기 때문이었다.

그런 어느 날이었다. 그는 매니저에게 기자회견을 열고 싶으니 각 언론사에 연락하라고 명령했다. 매니저가 그 이유를 묻자 그는 '왕자와 거지'가 결국 제자리를 찾듯이 기자회견을 열어 뒤바뀐 자신의 신분을 되돌려 놓겠다고 말했다. 그런 건 기자회견 감이 되지 못한다고 말하자 그는 매니저를 즉시 해고했다. 그러고는 직접 각 언론사 연예 담당 기자에게 일일이 전화를 걸어 가왕 남진아라고 신분을 밝힌 뒤 중대발표를 할 게 있으니 기자회견을 준비해달라고 요청했다. 언론사 기자들은 기획사를 통해서가 아니라 당사자가 기자회견을 자청한 게 좀 이상했지만 간혹 예외적인 경우도 있고 또 그게 기획사와의 알력에 관련된 내용일 수 있다고 판단하고 기자회견을 준비했다.

기자회견을 열기 전에 그는 한 가지 일을 더 벌였다. 가왕에게 연락해 이왕지사 일이 이렇게 된 마당에 확실히 하는 게 필요하다고 둘러댄 뒤 스캔들 상대 여자의 휴대전화 번호를 알려달라고 요청했다. 가왕은 혹시 일어날지 모를 시비에 대한 방비로서 그들의 만남을 주선할 필요가 있고, 그러면 자연스럽게 알리바이가 만들어지는 셈이었다. 가왕은 그에게 여자의 전화번호를 순순히 알려주었다. 가왕은 말썽을 일으킨 그 여자를 진작 마음에서 지워버린 듯했다. 하기는 마음만 먹으면 언제든지 여자의 몸과 마음, 심지어 영혼까지도 얻을 수 있는 게 가왕이었다.

그는 여자에게 전화를 걸어 만나자고 했다. 물론, 학습한 경상도 사투리로 자신을 가왕이라고 태연히 말했다. 여자는 대번에 자신의 휴대전화에 찍힌 번호는 가왕의 것이 아니라고 말했다. 그는 이 전화는 스페어폰이라고 둘러댔다.

그녀는 약속 장소에 순순히 나왔다.

"기자회견 잘 봤어요."

그 말은 가왕에게 한 것인지, 나진아에게 한 것인지 불분명했다. 그녀는 가왕과 스캔들을 일으킨 장본인답게 미모가 출중했다. 여자는 쉽사리 사람들 눈에 띄었으므로 서로 비밀을 공유하는 건 위험한 일이었다.

"어머, 진짜 똑같네요."

그와 서너 시간 함께 보냈을 때 그녀가 중얼거렸다. 그들은 이미 호텔 방에 들어왔고 모두 알몸인 채였다. 침대 위에서 그는 말없이 그녀의 눈을 들여다보았다. 눈동자 속에 깊이를 알

수 없는 우물이 보였다. 그는 서서히 그녀의 육체를 덥히며 쾌락의 절정으로 몰아갔다. 여체를 다루는 그의 솜씨는 마치 잘 숙련된 동물 조련사 같았다.

"내가 바로 진짜 가왕이야, 알아듣것나."

그는 오르가슴에 다다른 후 기진맥진해 있는 그녀를 내려다보며 당당하게 말했다. 그녀의 온몸은 땀에 젖었고 긴 머리카락이 목덜미와 얼굴에 달라붙었다.

"잘 보래이. 이게 바로 가왕의 증표대이."

그녀의 몸에서 떨어진 그는 자신의 엉덩이에 있는 푸른 점을 보여주었다. 그의 강렬한 의지와 눈빛에 압도된 그녀는 할 말을 잃은 채 연거푸 고개를 주억거렸다. 돌이켜보면 그때 그녀는 그가 진짜 가왕이라 여겼는지 그 반대였는지는 당사자가 아닌 이상 확인할 길이 없다.

두 번째 기자회견 장소는 지난번과 같은 G 호텔 대회의장이었다. 예정된 시각 한 시간 전부터 대회의장은 이미 각 언론사 기자와 연예 관련 사람들로 초만원이었다. 기자회견 경험이 있는 그는 기자들을 능수능란하게 다루며 대회의장 분위기를 주도했다.

카메라 플래시 세례를 받으며 그는 마침내 입을 열었다. 지난번 기자회견에 나온 이미테이션 가수 나진아는 실은 가왕 남진아였다고 밝혔다. 그때 이미테이션 가수 나진아와 모종의

합의를 본 뒤 기자회견을 열었고, 지금 이 자리에 있는 자신이 진짜 가왕 남진이라고 힘주어 말했다. 대회의장이 술렁거리기 시작했다.

"당신이 진짜 가왕이란 사실을 어떻게 증명하겠습니까?"

그는 그 질문을 기다렸다는 듯이 손바닥으로 책상을 탁 하고 치며 벌떡 일어났다. 사람들은 대단한 그 무엇을 선포할 듯한 그의 입을 주목했다.

"노래!"

그 한 마디가 전부였다. 노래 실력만이 누가 가왕인지를 가려줄 수 있다는 뜻이었다. 과연 가왕다운 결단이었지만 그만큼 위험 요소를 안고 있었다. 순수하게 노래 실력만으로 가왕을 가린다고 한다면 가짜가 진짜를 대체할 수도 있었다. 가왕은 그 한마디를 남긴 채 기자회견장을 유유히 빠져나갔다. 가왕은 사라졌지만, 그의 카리스마는 한동안 대회의장을 압도했다.

그 기자회견을 본 진짜 가왕의 반응이 어땠을지는 짐작이 가고도 남는다. 대중의 관심은 이제 스캔들이 아니라 누가 진짜 가왕인가에 집중되었다. 누구도 가왕의 진위를 시원하게 가려줄 수가 없었다. 이상한 소문들이 꼬리에 꼬리를 물며 사방팔방으로 퍼져 나갔다.

미디어 매체들은 이런 현상을 놓칠 리 없었다. 그것은 솔로몬의 재판 같은 것으로 확실한 빅 이벤트 감이었다. 사회 명망가들로 구성된 평가단을 만든 뒤 가왕이라 주장하는 두 사람을 스튜디오에 세워서 그 진위를 가리는 기획이었다. 만약 그대로만 된다면 역대 최고 시청률을 기록할 수 있을 터였다.

 각 방송사들이 두 명의 가왕에게 거액의 출연료를 제시했다. 출연하면 진위판명에 상관없이 그 금액을 지불하겠다고 약속했다. 한 방송사는 타 방송사에 비해 두 배나 되는 출연료를 제시하며 의욕을 보였다. 가왕들의 결정이 늦어질수록 출연료는 하늘 높은 줄 모르고 치솟았다.

 그런데 그때 한 신문에 특종이 터졌다. 스캔들의 당사자였던 여자와 그 신문사 소속 대기자와의 대담이 전면을 장식한 것이었다. 물론 그녀는 익명으로 처리되었고 사진 또한 두 눈이 검은 테이프로 가려진 것이었다. 장황한 대담기사의 내용은 한마디로 이러했다. 자신이 상대한 남자는 진짜 가왕이었다. 가왕은 이미테이션 가수를 매수하고 기자회견을 열어 대중의 눈과 귀를 막았다. 또한 가왕의 진위는 노래 실력 대결로 가릴 수 없다. 가왕의 진위를 가릴 유일한 증거는 엉덩이의 푸른 점이다. 즉 엉덩이에 푸른 점이 있는 사람이 진짜 가왕이다.

 가왕에게 버림받은 그녀가 그런 폭로를 한 심정은 이해가 가지만 엉덩이에 푸른 점이 있는 사람이 진짜 가왕이라고 한 심리에 대해서는 여간 아리송한 게 아니다. 그가 진짜 가왕이라고 착각했든지, 그게 아니라면 여자는 자신을 헌신짝처럼 버린 가왕에게 그런 식으로 복수를 한 게 아닌가 싶다.

결론부터 말하면 두 가왕의 방송 출연은 성사되지 않았다. 한 가왕이 차라리 가수 생활을 접었으면 접었지 그따위 삼류 이벤트 방송에는 절대로 출연할 수 없다고 잘라버렸기 때문이었다.

어찌된 일인지 그 무렵부터 가왕의 인기는 점차 시들기 시작했다. 가왕의 몰락은 그의 몰락을 의미하는 것이기도 했다. 그 둘은 하나이면서 둘이고 둘이면서 하나였다. 대중은 TV 화면에 보이는 가왕을 손가락질했다. 추악한 스캔들을 일으킨 장본인에다 그 얼굴 또한 성형으로 만든 가짜일 수 있기 때문이었다. 가왕을 향한 손가락질은 전염병처럼 퍼졌다.

탑은 쌓기는 힘들지만 무너지기는 쉽다. 꽃 또한 필 때는 힘들지만 질 때는 맥아리가 없다. 무너지는 것은 언제나 한꺼번에 무너지고 지는 건 한순간이다. 야간 업소는 그를 더 이상 부르지도 찾지도 않았다. 그렇게 몇 달이 흘러가는 동안에도 그는 자신을 가왕이라고 떠벌리고 다녔다. 그의 아내는 이제 다 끝났으니 제발 그만하자고 사정했지만 소용없었다. 그는 여전히 가왕이었다.

어느 날 밤, 그는 흉기를 소지하고 가왕의 저택을 침입했다. 가시철조망 담을 넘는 데는 성공했으나 가왕의 경호원들에게 발각되어 두들겨 맞고 붙잡혔다. 그는 경찰서 취조실 수사관들 앞에서 범행을 당당하게 자백했다. 자신을 사칭하고 다니는 가짜 가왕을 없애버리기 위해 그 집 담을 넘었노라고. 그는 취조 도중에 자해를 하며 태양이 하나이듯 가왕은 하나뿐이라고 외쳤다. 결국 수사진은 그의 정신감정을 의뢰했고 정신과 의사는 심신미약 판정을 내렸다. 취조를 마친 수사관은 그를 확신범으로 분류한 뒤 검찰에 송치했다.

그는 재판을 받고 수감되었다. 초범인데다 가수 활동을 했다는 점, 그리고 정신상태가 정상이 아니지만 죄질이 불량하다는 이유로 징역 7월이 선고되었다. 그는 수감된 지 불과 열흘 만에 주검이 되어 교도소를 나왔다. 노역장 공동 화장실에서 빨랫줄에 목을 맨 것이다.

*

어머니는 그때 내가 다섯 살이었다고 말했다.

나는 이미테이션 가수 나진아를 아버지로 인정할 수 없었다. 피는 물보다 진하다는 말은 어디까지나 허울 좋은 말일 뿐이다. 하지만 나는 결국 이미테이션 가수 나진아를 아버지로 인정하지 않을 수 없었는데, 내 몸에도 예능의 피가 흐르고 있다는 사실을 깨달았을 때였다.

나는 아버지의 본 모습과 그 흔적을 찾기 위해 백방으로 노력했다. 이른바 뿌리 찾기였다. 그러나 아버지의 흔적은 그 어디에도 남아 있지 않았다. 이영훈이라는 남자가 한때나마 세상에 존재했던 인물인지 의심스러울 지경이었다. 이영훈은 완벽히 지워졌고 그 자리에 이미테이션 가수, 아니 가왕 나진아가 빛이 바랜 사진 속에 있을 뿐이었다.

풍도기행

"까짓거, 이참에 풍도로 떠납시다!"

돌이켜보면, 내가 먼저 바람을 잡았다. 그날 우리는 대낮부터 아파트 단지 정자에 앉아 술판을 벌였다. 우리가 정자를 먼저 점거한 탓에 노인정에서 나온 어르신들이 근처 느티나무 그늘에 돗자리를 폈다. 할머니 한 분이 줄곧 눈치를 주었지만, 우리는 그 시선을 애써 외면한 채 이야기를 계속했다.

"오 형도 보고 피서도 하고, 좋겠네요."

화가인 이 형이 내 말에 힘을 실었다. 이 형과 나는 아까부터 침울해하고 있는 사진가 정 형을 바라보았다.

"여러분이 가자시면 지옥인들 못가겠습니까."

피서라고 하기엔 때가 좀 늦었다. 차가 빠져나간 주차장에 올해 처음으로 새빨간 고추가 널렸다. 아침저녁으로 건들바람이 불었으나 한낮은 여전히 뙤약볕이었다. 정복 차림에 모자를 쓴 경비가 정자에서 술판을 벌이고 있는 우리를 힐끔 쳐다본 뒤 노인들 곁으로 다가섰다.

"명당자리 놔두고 여기서 뭣들 하세요."

말을 마친 경비의 시선이 우리를 향했다. 그건 시선이라기보다 눈초리였다.

"요즘 우리 아파트 물이 많이 안 좋아졌어."

노인들 중 하나가 말했다.

"저 사람들 눈엔 우리가 동네 개처럼 보이나 보네!"

어느새 얼굴이 불콰해진 화가 이 형이 말했다.

"진정 좀 합시다. 우리가 싸워야 할 상대는 저 사람들이 아니라는 거 잘 알지 않습니까."

나는 이 형을 진정시켰고, 경비는 우리가 한 말들을 못 들은 척 관리실 쪽으로 발걸음을 옮겼다.

"시절이 수상하니 경비가 우리들의 상전이 됐습니다. 살다 살다 별일 다 봅니다."

사진가 정 형의 말에 우리는 아무도 토를 달지 않았다. 잠시 멈췄던 매미 울음소리가 또다시 귓전을 때렸다. 생명 있는 것들의 마지막은 언제나 간절하고 절실한 법이었다.

*

 그들은 내가 이 동네로 이사 와서 사귄 예술가 친구들이었다. 예술을 한다는 공통점 때문인지 우리는 빠르게 친해졌다. 어쨌거나 나는 그들 덕분에 물설고 낯선 타지 생활을 그럭저럭 잘 견뎠다.

 내가 고향을 떠난 이유는 문인로서의 야심 때문이었다. 중앙에서 활동하는 문인들은 지방 작가의 비애를 잘 모른다. 원래 계획대로라면 특별시에 둥지를 틀어야 했으나, 연일 하늘 높은 줄 모르고 치솟는 집값 탓에 수도권에 안착한 것으로 만족해야 했다.

 "다 생각하기 나름이라예. 여도 고향처럼 바다가 있고… 난 바다가 좋아예."

 나는 아내가 바다를 좋아한다는 증거를 하나도 갖고 있지 않지만, 그 반대로 바다를 싫어하는 증거는 많다. 예컨대 아내는 햇빛 알레르기가 있었다. 피부가 햇빛에 노출되면 벌겋게 되면서 물집이 잡히곤 했다. 나는 아내와 연애할 때부터 지금까지 함께 해수욕장에 단 한 번도 간 적이 없다.

 "맞아, 다 생각하기 나름이야. 어디서 살든 정들면 다 고향이다."

 수도권에 정착한 후 나는 중앙 문단에 행사가 있으면 빠짐

없이 참석하며 얼굴을 알렸고, 아내는 아파트 부녀회에 가입하여 이웃 사귀는 데 재미를 붙였다. 아내는 언제부터인가 표준말도 구사하기 시작했는데, 아내의 표준말 어투는 우스꽝스럽기 그지없었다.

나는 중앙에 발을 디딘 후 일 년여 각고 끝에 마침내 장편소설「제국의 아침」을 완성하고 출간했다. 그런데 어찌된 일인지 중앙 문단은 아무런 반응을 보이지 않았다. 문단은 그렇다 치더라도 독자들 반응 또한 냉랭했다.

"선생님 글은 너무 무거워요. 주제도 올드하고요. 이런 말을 해도 될지 모르겠지만 담부턴 요즘 트렌드에 맞는 글을 써보세요."

출판사 편집부장으로부터 그 말을 들은 날, 나는 거리를 정처 없이 걸었다. 걷다 보니 밤이 되었고 마침 눈에 띄는 포장마차로 들어가 인사불성이 될 때까지 마셨다. 이튿날 눈을 떠보니 집이었다.

"기억 안 나지예? 경찰차가 당신을 싣고 왔다 아임니꺼. 새로 장편소설 하나 더 쓰면 되지 뭐 그런 일로 실망하고…."

아내도 나 못지않게 실망했을 테지만 내색하지 않았다. 나는 아내의 태도가 내심 고마웠지만 그런 생각과 달리 언행은 거칠었다.

"차라리 돈 안 되는 소설 당장 때려치아뿌라, 하고 말하는 게 편하겠어."

"나는 당신 소설이 실패한 것보다 이러는 당신이 더 괴롭습니다."

「제국의 아침」 후폭풍은 쓰나미처럼 밀려왔다. 가뜩이나 바닥을 보이기 시작한 은행 잔고를 기어이 '0'으로 만들었고, 은행 통장을 보며 한숨 쉬던 아내는 생활 전선으로 뛰어들었다. 아내는 친정에서 사업자금을 빌려 십자수 가게를 차렸다. 십자수는 지방 소도시에 살 때 아내의 부업이었는데 주부들에게 인기가 많았다. 그런데 예상과 달리 개업 초부터 가게는 파리만 날렸다. 고향에서와 달리 십자수를 배우러 오는 손님도 없었을 뿐만 아니라 실을 사러 오는 손님도 드물었다. 뒤늦게 안 사실이지만 수도권의 십자수는 이미 한물간 유행이었다. 실패 원인은 자명했다. 「제국의 아침」도 십자수도 '올드'했다.

카드빚이 눈덩이처럼 불어나기 시작했다. 나는 신용불량자가 되었고, 관리비 상습체납자로 전락했다. 「제국의 아침」이 성공을 거둔 후 보란 듯이 자식을 낳겠다던 가족계획은 물거품이 되고 말았다. 나는 신용불량자가 된 사실보다 가난하기 때문에 자식을 가질 수 없다는 사실이 더 서러웠다.

그런 어느 날 아파트 관리소에서 전화가 왔다. 관리사무실로 좀 나와 달라는 일방적 출두 통보였다.

"뻔할 뻔자 아임니꺼."

아내는 마침내 올 것이 왔다는 어조로 말했다.

"뻔할 뻔자라니?"

"밀린 관리비 때문이겠지예."

아내는 그동안 연체된 요금을 납부치 않으면 전기와 가스를 끊겠다는 협박 고지서를 수도 없이 받아왔던 터였다.

"당신이 나 대신 가면 안 될까?"

이런 문제는 꽁무니를 빼는 게 상책이었다.

"싫어예. 내가 그런 델 어예 간단 말입니꺼."

"그런 데는 여자들이 가는 게 나을 수가 있어."

"머라꼬예, 그걸 지금 말이라고 합니꺼!"

"아니 그러니까 내 말은 딱딱한 분위기가 부드러워질 수도 있고…."

"하이고 참, 미인계라도 써라 뭐 그런 말입니꺼?"

"내 말을 어떻게 그렇게 받아들여."

"결혼해서 지금껏 당신에게 실망한 적 없는데 지금 살짝 실망할라 캅니더."

생활 전선에 뛰어든 이후 뭐든 희생할 각오가 된 아내였지만 이 문제만큼은 예외였다. 돌이켜보면 내가 좀 심하긴 했다. 건장한 남자를 놔두고 연약한 여자를 어찌 전쟁터에 보낼 수 있단 말인가. 나는 담담하게 현실을 받아들이려 애썼다. 하지만 관리비 연체로 관리소에 출두한다는 건 여간 부담스러운 일이 아니었다. 엄격히 말해 관리소장은 빚쟁이가 아니라 입주자대표회의가 임명한 월급쟁이에 지나지 않았다. 따라서 빚쟁이는 관리소장이 아니라 '입주자대표회의'였고 소장은 무시해도 좋을 사람이었다. 나는 마음을 담대하게 먹고 관리소를 향해 무거운 발걸음을 옮겼다. 관리소 문을 열고 안으로 들어서자 민원접수 여직원이 기다리고 있었다는 듯 나를 소장실로 안내했다. 그런데 거기에는 놀랍게도 나 말고 세 사람이나 더 있었는데, 모두 나하고 같은 처지의 사람들이었다. 그들이 바로 샌님 시인 오 형, 비분강개파 화가 이 형, 낭만주의 사진가 정 형이었다.

"서로 잘 모르시죠. 이 기회에 인사들 하시죠."

소장은 우리들의 미래를 예견이라도 하듯이 말했다.

"아 안녕들 하십니까? 저는 103동 605호에 사는…."

나는 멋쩍게 웃으며 이웃들과 악수했다. 서로 어색한 인사를 주고받은 우리는 뒤이어 소장의 일장 연설을 들어야 했다. 연설 내용은 이러했다. 날이 갈수록 관리비 연체율이 증가하고 있고, 여기 계신 여러분들은 악성 체납세대 특별관리 대상이다. 관리비 일시납부가 어려우면 분할납부 방법도 있으니 부디 협조해주시기 바란다. 관리소장은 아파트 관리에 애로사항이 많다는 말을 끝으로 우리를 놓아주었다.

"아 씨부럴! 기분 한번 더럽네."

관리실을 빠져나오자마자 사진가 정 형이 하늘을 보며 말했다. 아닌 게 아니라 모두 한결같이 기분이 더러웠다. 우리는 발걸음을 멈춘 채 한동안 서로의 얼굴을 번갈아 멀뚱멀뚱 쳐다보았다.

"우리 이럴 게 아니라 어디 가서 한잔 빱시다."

기분이 더럽다고 말한 정 형이 말했다. 우리는 그 말을 기다렸다는 듯 아파트 단지 내 상가 호프집으로 발걸음을 옮겼다. 우리는 그곳에서 서로 말을 텄다. 말뿐만 아니라 마음까지 텄다. 공교롭게도 우리는 모두 가난한 예술가들이었다. 모난 돌로 쌓은 둑은 허물어지지 않는다고 했던가. 예술과 가난은 모래와 자갈을 견고하게 굳히는 시멘트처럼 우리를 결합시켰다. 화가 이 형과 사진가 정 형이 생맥주 두 잔을 비울 동안 시 쓰는 오 형은 한 잔도 채 비우지 못했다. 마른 체구에다 핏기 없는 얼굴, 귀 위로 바싹 쳐올린 머리는 영락없이 식민지 치하의 고뇌하는 시인의 모습이었다. 나중에 안 사실이지만 그는 이미 그때 폐암 3기 환자였다.

"황새의 숭고한 뜻을 어찌 뱁새들이 알겠습니까, 캬크크···캬크크···."

대화가 무르익었을 때 침묵하던 시인 오 형이 끼어들고는 주제와 별로 상관없는 뜬금없는 말을 하고 웃었다. 영락없는 칠면조 울음소리여서 우리는 모두 파안대소했다. 칠면조 같은 오 형의 웃음소리 덕분에 우리의 망가진 자존심과 더러워진 기분이 잠시 호전되었다.

맥주로 술 시동을 건 우리는 호프집을 나와 아파트 단지 건너 바(BAR)로 갔다. 누가 거기로 가자고 먼저 말했는지는 기억나지 않는다. 그런 건 중요하지 않다. 우리는 그날 밤 각자의 예술을 이야기했고, 새로운 예술의 융합을 토론했다. 그런데 그런 분위기에도 시인 오 형은 술을 마시지 않았다. 나빠진 건강이 술을 허락하지 않았던 것이다.

우리는 새벽에 계산서를 받아들고서야 우리가 밤새 무슨 짓을 했는지를 비로소 깨달을 수 있었다. 각자 한 달 치 관리비에 상당하는 값의 술을 우리들이 퍼마신 것이었다. 희미한 조명 아래에서 우리는 눈앞에 벌어진 현실을 믿을 수 없다는 듯 계산서를 돌려가며 보고 또 보았다.

"카드 되죠?"

술 한 방울 마시지 않은 시인이 지갑을 꺼냈다. 우리는 구세주를 만난 듯 그의 등 뒤로 숨었고 날이 밝기 전에 박쥐처럼 각자의 집으로 흩어졌다.

며칠 후, 우리는 그날의 술값을 정확히 엔분의 일로 나누어 각자의 몫을 오 형에게 전달했다. 그러나 오 형은 그날 밤에 마신 술은 기꺼이 자신이 산 거라면서 돈을 받지 않았다. 우리의 관계는 급속도로 밀착했다. 나이는 서로 간에 한두 살 많거나 적었지만 전혀 걸림돌이 되지 않았다. 다 함께 만나기도 하고, 둘이나 셋씩 만나기도 했다. 아내들도 우리들의 만남에 가끔 동참했다. 아내는 시간이 지날수록 우리들의 만남을 달가워하지 않는 눈치였다. 아내의 눈에 비친 우리의 모습은 세상이 알아주지 않는 동병상련의 무명 예술가들로, 서로 처지가 비슷한 무능한 가장들의 의기투합일 뿐이었다. 어떻든 우리는 명절이 오면 음식을 서로 나눠 먹었고, 함께 객석에서 무대를 감상했다. 초대권은 주로 사진가 정 형이 조달했다. 그는 사진가이자 기타리스트로 사진가협회 회원인 동시에 음악가협회 회원이기도 했다. 어쨌거나 그가 소속된 '앙상블'의 정기 공연은 불경기와 대관료 인상 탓에 몇 년째 공연이 미루어지고 있었다.

"나한테 기타를 뺏는 건 간을 도려내는 것이고, 사진기를 뺏는 건 심장을 도려내는 겁니다. 하, 이거 내 표현이 너무 거창했나."

표현이 너무 거창했을지는 모르나 예술을 향한 그의 정염은 한시도 꺼지지 않았다.

화가 이 형은 유화가 전공이었다. 그는 작년까지만 하더라도 아파트 단지 상가에 작으나마 화실을 차려서 미대 지망 입시생들을 지도해 생활비를 벌며 틈틈이 작품활동을 했다. 화실 문을 닫은 이유는 학생들이 발길을 끊었기 때문이다. 그 배후에 '맘 카페'가 있었는데, 어느 날 이 형은 맘 카페 회원으로 활동하고 있는 한 학부모와 다툼을 벌였다.

"H대 미대에 지원할 실력이 안 된다고 하니까 대뜸 이러는 겁니다. 제가 보기엔 선생 실력이 부족한 것 같은데요, 하고 말이죠. 그래서 이렇게 응수했죠. 낼부터 따님을 보내지 마세요."

그날 이후 이 형은 '맘 카페'에서 실력 없는 이상한 선생이라는 소문이 났다. 이 형은 그런 소문이 난 게 오히려 잘 되었다면서 화실 문을 닫았다.

"저는 이제 팔아야 할 영혼조차 없습니다."

나는 그의 말이 너무 슬펐다. 아닌 게 아니라 그의 생계가 막막하게 된 건 맘 카페 소문도 소문이지만 길 건너 신축상가에 대형 미술학원이 생긴 탓도 있었다. 대형 할인마트가 동네 구멍가게를 잡아먹듯이 이 형의 화실도 그 지경에 처한 것이다.

언젠가 그의 집에서 작품을 보았는데 그 감동은 지금도 생생하다. 그림 제목은 〈나무가 있는 풍경〉이었다. 폐허의 동산에 기적처럼 나무 한 그루가 가지가 부러질 듯 비바람을 맞으며 서 있는 풍경이었다. 나는 그 작품을 즉석에서 해석했다. 부러지고 뿌리째 뽑힐 듯 위태롭게 서 있는 한 그루 나무는 바로 화가 자신이며, 드센 비바람은 예술가를 위협하고 망가뜨리는 세상이었다. 이 형이 그린 나무는 비록 휘어지긴 했으나 부러지지 않았다. 그것처럼 이 형은 세상풍파에 휘어질지언정 부러지지 않을 터이다. 그의 또 다른 작품 〈누드〉는 목욕을 금방 마친 여자가 그림 밖으로 걸어 나오듯 생동감이 넘쳤다. 감히 말하건대 고야의 누드보다 한 수 위였다. 고야의 누드는 팔등신으로 계산된 구도지만 그의 누드는 그런 인위가 배제된 여자의 알몸이었다.

"모델이 누구예요. 와이프입니까?"

"아뇨, 직업모델입니다."

"갖고 싶어요?"

그림에서 눈을 떼지 못하는 나를 보며 이 형이 물었다.

"돈이 있다면 사고 싶네요."

"할부외상도 돼요."

"네에?"

뜻밖의 말에 나는 눈을 좀 크게 떴다.

"농담입니다. 선물할테니 있다 갈 때 가져가세요. 대신 한 가지 조건이 있어요."

"무슨…조건?"

"소장을 잘 해주세요, 그거면 돼요."

그 말을 듣는 순간 뜨거운 숨이 가슴 깊은 곳에서 목울대를 타고 올라왔다. 나는 금세 눈시울이 뜨거워졌다.

"귀한 작품을 공짜로 받을 순 없지요."

"괜찮아요. 잘 소장해주시면 그걸로 족해요."

"난 줄 게 없는데?"

"지난번에 제국의 아침을 사인해서 줬잖아요."

"읽었어요?"

"당근이죠. 단숨에 읽힙디다."

나는 작품이 어땠냐고 묻지 않았고 그도 더 이상 말하지 않았다. 어쨌든 그날 나는 염치 불고하고 그의 그림을 집으로 가져왔다. 그리고는 서재에 걸어놓고 조석으로 감상하며 삶의 활력을 얻었다. 예술과 외설의 경계를 넘나드는 〈누드〉는 미적 감각을 잃어버린 나의 오감을 자극했다.

시 쓰는 오 형은 고등학교에서 교편을 잡았다. 국어와 작문을 가르치며 문예반 아이들을 지도하는 한편 시를 창작하여 문예지에 발표했다. 그런 그가 교단을 떠난 건 나빠진 건강 때문이었다. 학교를 떠나 조용히 쉬면 좋아질 거라던 병마는 오히려 더욱 그를 괴롭혔다.

"난 말이죠, 미치도록 사랑하고 희구하고 감동하며 살고 싶습니다."

이상하게도 내 귀에는 그 말이 미치도록 살고 싶다는 말로 들렸다. 우리는 건강이 안 좋은 오 형을 각별히 신경 썼지만 그에게 해줄 수 있는 게 아무것도 없었다. 주위에 잘 아는 의사도 약사도 의학적 지식도 없었다. 할 수 있는 거라곤 그의 시작품을 낭송하며 공감대를 형성하는 것뿐이었다. 그즈음 그가 창작한 시에 '비었다'는 표현이 빈번히 등장했는데, 가령

'빈 하늘' '빈 가을' '빈집' '빈 들판' 심지어 '빈 자궁' 같은 게 그러했다.

*

해가 바뀌었지만 우리들의 빈곤은 개선될 기미가 보이지 않았다. 관리비 연체로 전기와 가스가 끊길 수도 있다는 관리소장의 말은 단순한 엄포가 아니었다. 복지국가의 대명천지에서 설마 그럴 리가 있을까 했는데, 실제로 전기와 가스가 끊겼다. 우리는 깜깜한 아파트 거실과 방에 촛불을 켰고 부탄 버너로 음식을 조리했다. 그건 생활이 아니라 생존하기였다.

전기와 가스가 끊기고 얼마쯤 지났을 때 우리는 이대로 당하고만 살 순 없다고 판단했다. 특단의 대책을 세우지 않으면 생명이 위태로워질 터였다. 우리는 생존대책위원회 '생대위'를 결성했다. 그것은 일종의 계(契) 같은 성격으로 매달 일정 금액을 거둔 뒤 3개월마다 곗돈을 한 사람에게 몰아주었다. 그렇게 하면 적어도 3개월은 생존에 위협을 받지 않았다. 한 달치 관리비를 납부하면 3개월 동안 전기와 가스를 끊지 못하는 규정을 이용한 지혜였다. '생대위'가 결성된 뒤부터 우리의 삶은 생존 위협으로부터 벗어나 최소한의 일상생활로 복귀했다.

그러던 어느 날, 반지하방에서 한 소녀 가장이 촛불을 켠 채 잠들었다가 화재가 발생해 사망한 사건이 대서특필되었다. 언론은 1인당 국민소득 3만 달러 선진국에서 전기 수도 가스 요금조차 내지 못하는 이른바 신빈곤층에 대한 이슈를 쏟아내기 시작했다. 우리는 마침내 실력행사를 해야 할 때가 왔다고 판단했다.

"더 이상 우리의 생존권적 기본권을 박탈당하고 있을 순 없습니다!"

이 형이 바른 소리를 했다. 여태까지 우리는 예술적으로 다양하게 세상을 해석해 왔다. 그러나 예술적 해석만으로 세상을 바꾸진 못한다. 필요한 것은 해석이 아니라 행동이다.

"당장 한전으로 달려가 실력 행사에 돌입합시다!"

사진가 정 형이 외쳤다.

"실력 행사하기 전에 준비가 필요합니다."

"무슨 준비가 필요합니까?"

성격 급한 사진가 정 형이 말했다.

"우리의 요구사항과 한전의 부당한 행위를 알리는 문구가 필요합니다."

아픈 몸에도 불구하고 오 형이 행동에 나섰다. 우리는 버려진 장롱을 부숴 시위에 사용될 피켓을 만들었다. 살인 한전 물러가라! 가난도 서러운데 단전이 웬 말이냐! 목숨을 위협하는 단전 조치 즉각 중단하라! 에너지 기본권을 보장하라!

"우리의 거사를 방송국과 신문사에 알립시다."

피켓이 완성되었을 때 화가 이 형이 말했다. 그러나 나는 거기에 선뜻 동조할 수 없었다. 왜냐하면 그건 내 얼굴이 지상파 방송을 타는 것을 의미하기 때문이었다.

이튿날 아침에 우리는 약속대로 다시 모였다. 우리는 한전으로 갔고, 정문 앞에서 실력 행사에 들어갔다. 우리는 각자 소지한 피켓을 머리 위로 들어 올렸을 뿐 구호가 시원하게 입 밖으로 나오지 못한 채 목울대를 맴돌았다. 화들짝 놀란 경비와 청원경찰이 우리들 앞을 막아섰다. 사진가 정 형이 심기일전하여 선창했다.

— 목숨 위협하는 단전 조치 즉각 중단하라!

— 중단하라! 중단하라!

촛불화재로 사망한 소녀 가장 사건이 최근에 대서특필 되어서 금세 사람들이 모였다. 개중에는 직원으로 짐작되는 사람도 눈에 띄었는데, 사람들은 대체로 동물원 원숭이 구경하듯 멀거니 우리를 보았다. 구경꾼 중 한 사람이 손뼉을 쳤다. 우리는 그 응원에 힘입어 더욱 목청껏 구호를 외치며 피켓을 머리 위로 올렸다 내리기를 반복했다.

— 에너지 기본권 보장하라!

— 보장하라! 보장하라!

"왜 여기서 떠들어요? 여긴 본사가 아닙니다."

간부로 짐작되는 직원 하나가 우리를 막아섰다. 시위를 하려거든 본사에서 하라는 말이었다. 목이 쉴 때쯤 경찰차가 요란한 경적 소리를 내며 급정거했다. 곧이어 우리는 공권력에 의해 물건처럼 차 안에 구겨졌다. 그날 나는 난생처음 경찰서 유치장을 경험했다.

"점잖은 양반들이 그렇게 할 일들이 없어요?"

취조 형사가 우리를 바라보며 한심하다는 듯 말했다. 결국 우리는 집시법 위반으로 약식기소 되어 재판을 받았고 각각 벌금 100만 원씩 선고받았다. 경찰서에 미리 신고하고 허가를 받지 않은 게 화근이었다. 유죄 판결에 분개한 우리는 그날 밤 벌금 액수만큼 또다시 술을 마셔버렸다. 사람들은 우리들의 무모함에 혀를 끌끌 차겠지만, 그렇게라도 하지 않았으면 미쳐버리고 말았을 터였다.

"그 사람들을 이제 그만 만나는 게 좋겠어예. 나도 한 남자의 아내이기에 앞서 사람이라예. 지쳐서 이제 그만 당신을 포기하고 싶어예."

그리고 빠른 어조로 몇 마디 더 했는데 무슨 말이었는지 기억나지 않는다. 복받치는 감정을 이기지 못한 아내의 흐느낌 소리는 어느 때보다 깊고 길었다.

*

그 뜨거웠던 여름이 지날 무렵 오 형이 입원했다. 입원하기 전에 이혼했는데, 그게 합의이혼이었는지 재판의 결과인지 알 수 없었다. 얼마 지나지 않아 의사는 사형선고를 내렸고, 우리는 하루가 멀다 하고 시인을 병문안 했다.

"이렇게 고마울 때가…"

며느리를 대신해 병구완하던 노모는 우리들의 손을 번갈아 꼭 잡아주었다. 당시 노모는 서해안 외딴 섬 풍도에서 살았는데, 아들 소식을 듣고 황망히 달려와서 여태 섬으로 돌아가지 못하고 있었다.

"신작인데 한번 볼래요."

시인이 우리들에게 시가 적힌 노트를 내밀었다. 그걸 받아든 나는 나직이 시를 읽기 시작했다.

바다

해일이 올 듯한 바닷가에
홀로 서면

파도는 수평선 너머 저 멀리서

백마처럼 갈기를 휘날리며 달려오고
까마득한 수직 절벽 위 등대는
집 나간 신부(新婦)가 되어
하얀 면사포를 쓰고 있다

오지도 가지도 못하는 파도는
기슭에서 산산이 부서지며
물거품을 만들고

태양이 제 무게에 겨워
심연으로 빠져들 때
등대는 불을 켜고

어쩌면
해일이 올듯한
어둠 속에서

나도,
나를 불살라
불을 켠다

"햐, 기가 막히네요. 하얀 등대를 배경으로 그림을 그리고 싶어집니다!"

화가 이 형이 진심으로 감탄했다. 침대에 누운 시인은 빙그레 웃으며 화가를 물끄러미 쳐다본 뒤 소설가인 나와 사진가 정 형에게도 눈길을 주었다. 우리의 감상평을 묻는 눈빛이었다.

"우리나라에서 바다와 등대를 소재로 한 시 중 단연 최곱니다."

나는 등대나 바다를 소재로 한 시가 딱히 기억나는 게 없었지만 그렇게 말했다. 나는 나를 살라 불을 켠다는 표현이 특히 좋았다.

"우리나라뿐만 아니라 세계를 통틀어 그렇습니다."

정 형이 좀 과장되게 맞장구치는 바람에 이 시가 죽음을 은유하는 게 아닌가 하는 질문 기회를 놓쳤다.

입원한 지 수개월 지난 어느 날, 오 형은 어머니와 함께 서해안 외딴 섬 풍도로 떠났다. 우리는 그가 풍도로 간 사실만 알았을 뿐, 병세가 호전되거나 그 반대여서 그런 선택을 한 것인지 알지 못했다. 우리는 오 형의 아파트에 새 주인이 이사하는 광경을 지켜보며 오 형을 버린 여자를 험담했다.

"럭비공같이 어디로 튈지 모르는 게 여잡니다. 오 형 와이프만 해도 그래요, 솔직히 말해 얼마나 착한 여자였습니까. 천사표라고 다들 그랬잖아요. 그랬던 여자가 남편이 병들자 악처로 돌변하잖아요. 자고로 여자를 믿으면 안 됩니다."

화가 이 형이 말했다. 그 또한 별거 중인 아내로부터 이혼 소장을 받아놓은 상태였다. 여러 변호사를 만나고 다녔는데, 예술가의 생활 무능이 이혼 사유가 되는지 알고 싶었다.

"원시시대 알타미라 동굴벽화를 그린 사람은 대체 뭘 먹고 살았을까요? 남들이 사냥을 떠났을 때 동굴에 남아 그림을 그렸을 텐데 말이죠."

"그러게요, 궁금하네요. 동굴벽화 주인공들은 대체 뭘 먹고 살았을까요?"

정 형이 호응했다.

"사냥 갔다 온 사람들이 자기들이 살던 동굴이 달라진 걸 알고 먹을 걸 나눠주지 않았을까요."

내가 말했다.

"에이, 이기적 인간이 설마 그랬을라고요. 예나 지금이나 땅바닥만 쳐다보며 쿵쿵거리면서 사는 사람들은 예술의 가치를 몰라요."

화가 이 형은 내 견해에 동의하지 않았다.

"그나저나 풍도로 간 오 형은 잘살고 있을까요?"

나는 화제를 돌렸고, 오 형이 보고 싶다는 말을 에둘러 했다. 그때 나는 이 아파트를, 이 도시를, 이 세상을 벗어나고 싶었다.

"까짓거, 이참에 풍도로 떠납시다!"

*

평일이고 피서철이 끝나서인지 연안 여객 터미널은 한산하기 이를 데 없었다. 사진가 정 형은 잠자리 눈 같은 선글라스가 잘 어울렸고, 화가인 이 형은 밀짚모자를 썼다. 정 형은 무거운 카메라 장비 가방을 어깨에 멨고, 이 형은 스케치북을 배낭에 넣었다. 정 형은 이번 풍도기행이 다가올 그룹전에 출품할 작품을 건지는 계기가 되었으면 하는 바람을 가졌고, 이 형은 생동하는 바다의 진면모가 화폭에 옮겨지기를 고대했다. 그들과 달리 나는 아무런 목적이 없었다. 일상에서 벗어나, 이 아파트를, 이 도시를, 이 세상을 벗어나고 싶었다.

공기 부양 쾌속선 돌핀스호가 몸을 뒤틀며 서서히 선수를 돌렸다. 우리는 선미에서 멀어지는 세상을 바라보았다. 어젯밤에 비가 와서인지 하늘은 투명했고 양떼구름이 뒤따라왔다. 여객선이 속도를 더하자 징검다리 같았던 섬들이 하나씩 뒤편으로 물러났다. 섬들은 제각기 산을 거느리며 수면에 그림자를 드리웠다. 나는 그 섬들을 배경으로 사진을 찍어도 좋겠다고 생각했지만 정 형은 가방 속에 든 카메라를 꺼내지 않았다. 승객이라곤 섬 주민들로 보이는 노인들과 예닐곱 명 낚시꾼,

그리고 우리들이 전부였다.

"오 형 말인데요, 교편을 잡았으니 섬 출신치고 출세한 편 아닙니까."

선실로 들어왔을 때 화가 이 형이 말했다. 나는 교직이 3D 업종에 속한다고 생각했지만 잠자코 있었다.

황해 특유의 탁한 물빛이 푸른색으로 바뀌었다. 섬들도 보이지 않았다. 선실에서 갑판으로 나온 우리는 난간 철책에 기댄 채 양주를 한 모금씩 삼킨 뒤 박하사탕을 입안에 넣었다. 양주와 박하사탕은 이 형이 배낭에 넣어온 것이었다.

늦은 오후, 섬 하나가 수평선에 떠올랐다. 바람의 섬 풍도였다. 여객선이 풍도 해역으로 접근하자 선체가 흔들렸다. 나는 오 형의 시에 묘사된 바람을 비로소 알 것도 같았다.

우리들을 내려놓은 여객선은 곧바로 선수를 돌렸다. 발걸음을 방해하는 바람을 맞으며 우리는 선착장으로 올랐고 얼마 후 섬에서 하나밖에 없다는 가게 안으로 들어갔다.

"누구 집을 찾는다고요? 육지학교서 선생질하던 사람?"

병원에 입원했을 때 오 형이 가르쳐준 대로 우리는 가게 주인 노파에게 오 형과 그 노모의 집을 수소문했다.

"네. 맞습니다."

"쯧쯧, 헛고생했구랴. 그 사람 장사 지낸 지가 언젠데, 암것도 모르고 찾아왔구먼…."

"집이 어딥니까?"

마음의 충격을 가까스로 추스른 정 형이 물었다. 그러자 노파는 가게 밖으로 나갔고 우리도 따라 나왔다. 노파가 팔을 들어 먼 산 하나를 가리켰다.

"저 재 너머 첫째 집이라오."

우리는 할머니가 가리킨 곳을 향해 걷기 시작했다. 모두 침묵했고 발걸음은 느렸으며, 그 사이로 바람이 불었다.

"장사를 지냈다니요, 이게 말이 됩니까?"

침묵을 깨며 정 형이 말했다.

"우리가 한발 늦은 것 같네요."

말을 마치고 나는 고개를 들어 하늘을 보았다.

"오 형이 저세상으로 갔다면 오늘 우린 어디서 일박합니까?"

화가 이 형이 말했다.

"겨울도 아닌데 뭔 걱정이에요. 게다가 여긴 무인도가 아니잖아요."

사진가 정 형이 핀잔에 가까운 말을 했다. 바다를 이웃한 능선길이 한동안 이어졌고 숲 덤불에서 풀벌레가 울었다.

능선을 내려서자 지붕을 맞댄 작은 마을이 나타났다. 우리는 어렵지 않게 오 형과 그 노모의 집을 찾았다. 대문을 들어서자 우리를 알아본 노모가 맨발로 마당으로 나와 우리를 맞이했다.

"어머니, 저희들이 왔습니다. 오 형은 어딨습니까?"

정 형이 두 손으로 노모의 거친 손을 잡으며 말했다. 그의 어깨에 걸쳐져 있던 가방이 툭 떨어졌고, 노모의 눈시울이 금세 젖어들었다. 우리는 신발을 벗고 마루에 앉았다. 노모가 부엌으로 들어가 삶은 고구마와 물을 내왔다. 삶은 고구마에 온기가 느껴졌다.

"풍장을 지내달래서 그리 해줬어."

그러니까 풍장은 오 형의 유언이었다. 노모가 깊은숨을 뱉어냈다. 지금은 사라진 지 오래이지만 풍장은 그 섬의 장례풍습으로 시신을 땅에 묻지 않고 나뭇가지나 너럭바위에 방치하여 시신을 자연으로 되돌리는 방식이었다.

바다가 벌겋게 물들기 시작했을 때 노모가 밥상을 차려왔다. 우리는 고봉밥에 된장국과 나물반찬을 남김없이 먹었다. 밀물처럼 어둠이 들었고, 별들이 푸른빛 리트머스 종이 위에 나타나듯 떴다. 휴대전화 전파는 잡히지 않았고, 정 형은 마당에서 소용돌이치는 은하를 촬영하기 위해 연신 카메라 셔터를 눌렀다.

"오 형의 죽음이 믿기지 않아요. 이 섬 어딘가에 살아 있을 것 같은 느낌이에요."

화가 이 형이 말했다.

"우리가 좀 더 일찍 왔어야 했어요."

비록 늦긴 했어도 오 형을 찾아온 건 잘한 일이었다. 밤공기가 찼다. 우리는 방안으로 들었다. 그 방은 오 형이 살아생전에 쓰던 방이었다. 노모가 개다리소반을 들고 방안으로 들어왔다. 탁주에 열무김치였다.

"한잔들 하고 주무시게나."

"어머니도 한잔 하시지요?"

"친구들 앞에서 술 취해 주책없이 눈물 보이게."

노모는 방을 나갔다. 나는 오 형이 썼던 것으로 보이는 앉은뱅이책상의 서랍을 열어보았다. 깨끗하게 정리된 서랍 속에 노트 한 권이 눈에 띄었다. 오 형의 유작시였다.

"유고시집을 내야겠어요."

"시집을 내주는 출판사가 있을까요?"

"우리가 갹출해서 자비 출판이라도 해야죠."

자작으로 잔에 탁주를 따르며 정 형이 말했다.

이튿날 우리는 늦잠을 잤다. 노모는 아침을 차려 놓은 채 우리가 일어나기를 기다리고 있었다.

"어머니, 이거 우리가 가져가도 되겠습니까?"

나는 오 형의 유작시 노트를 들어보였다.

"그게 뭐유?"

"오 형이 쓴 시예요."

"시? 시가 뭐라우?"

"시가 뭐냐면…?"

나는 선뜻 설명할 수 없었다. 그때 화가 이 형이 나섰다.

"생각을 적은 글씨예요."

"가져가서 뭐하게?"

"유고시집을 내볼까 해서요."

"유고시집은 또 뭐라우?"

"아드님은 선생님이기도 했지만 시인이었어요."

"시인? 난 그런 거 잘 몰라요."

"우리가 가져가도 되죠?"

"그런다고 죽은 애가 살아나길 하나. 맘대로 하시구랴."

나는 오 형의 시작 노트를 륙색 속에 넣었다.

우리는 노모가 차려준 아침을 먹은 뒤 풍장을 했다는 장소로 가기 위해 집을 나섰다. 그런데 노모는 선뜻 그곳을 알려주지 않았다.

"아직 바람이 되지 않았을 텐데…."

노모의 그 말은 아직 풍화가 덜 된 시신을 볼 수 있겠느냐는 뜻이었다. 우리는 친구를 보지 않고서는 섬을 떠날 수 없다면서 노모를 설득했다.

굽은 허리에 지팡이를 앞세운 노모가 익숙하게 방향을 잡았다. 하지만 무성한 풀로 인해 길을 만들며 앞으로 나가는 형국이었다. 돌무더기 지형에 이르렀을 때 골바람이 강하게 불었다. 바다가 한눈에 들어와 풍장 지내기에 딱 좋은 장소라 여기고 있는데 노모가 "바로 저기여." 하고 지팡이를 들며 말했다. 우리의 시선이 일제히 노모의 지팡이 끝으로 향했다. 고인돌처럼 생긴 너럭바위에 시신 한 구가 고이 누워있었다. 정 형이 재빨리 가방 속에서 카메라를 꺼낸 뒤 렌즈를 장착하고 미친 듯이 셔터를 눌러댔다. 그는 피사체를 다양한 각도에서 담기 위해 이리저리 촬영 장소를 옮겼다. 나는 노모의 손을 꼭 잡았다. 우리는 노모와 함께 시신이 누워있는 바위 아래로 다가섰다. 시신은 마치 인신 공양의 제물처럼 너럭바위에 누워 있었다. 화가 이 형이 배낭 속에서 탁주와 북어를 꺼냈다. 이곳으로 오기 전에 노모가 준비한 제물이었다. 너럭바위 앞 작은 제단에는 흘러내린 촛농이 켜켜이 쌓여 있었는데 노모가 올린 제사 흔적이었다. 우리는 탁주를 사발에 따라 작은 제단에 올려놓은 뒤 함께 절했다.

그날 오후에 우리는 여객선에 올랐다. 한눈에 담기지 않던 풍도가 작아지며 마침내 파도에 묻혔다. 풍도에서 보낸 우리들의 하루도 파도에 묻혔다. 우리는 모두 아무런 말도 하지 않았다. 보이지 않던 섬들이 모습을 드러냈고 그것들은 다시 세상을 향해 징검다리를 놓았다. 나는 배낭 속에서 오 형의 시작 노트를 꺼냈다. 그리고는 한 장씩 찢어 바람에 날려 보냈다.

"왜 그래요, 유고시집을 내주기로 했잖아요?"

정 형이 놀란 목소리로 내 행동을 제지했다.

"유고시집을 내는 걸 오 형이 좋아할까요."

"무슨 말입니까?"

"오 형이 어머니에게 풍장을 유언한 이유가 뭐겠습니까. 바람이 되고 싶었을 겁니다. 우리가 유고시집을 세상에 내면 바람이 되고픈 오 형은 바람이 되지 못한 채 여전히 세상에 갇히고 말겁니다."

아무도 내 말에 이의를 제기하지 않았다. 나는 오 형의 시를 천천히 그리고 남김없이 바람에 날려 보냈다.

사랑하지 않으면 멸망하리

이사를 했다. 사실, 이사라기보다 방을 옮겼다는 게 적절한 표현이겠다. 방 한 칸짜리 아파트는 집이 아니라 방이다. 그러나 엄연히 대문이 있으니 집이 아니라고 말할 수도 없다. 이 집은 이사하는 날부터 말썽이었는데, 베란다 폭이 좁아 책장이 들어가지 않는 거였다.

"방법은 딱 한 가지밖에 읎슈. 직소기로 반을 잘나내는 거쥬."

책장을 싣고 11층까지 올라갔다가 다시 내려온 책장을 보며 일꾼이 말했다.

"책장을 반으로 자르자고요? 그러면 나머지 반은요?"

"버려야쥬."

"살리는 방법은요?"

"읎슈."

책장을 방치한 채 일꾼들은 서둘러 다른 짐을 나르기 시작했고, 문제의 책장을 어떻게 처리할지 결정하지 못한 채 해거름을 맞았다.

"이러다 해넘어 가겠슈. 빨랑 결정해요."

"자르세요."

나는 책장을 반이라도 살리는 게 합리적이라 판단했다.

"그러면 원래 견적에서 십만 원 추갑니다."

"너무한 거 아니에요?"

"우덜처럼 몸 쓰는 사람한테는 시간이 돈이라는 거 몰라요."

그는 덧붙여, 알아보면 알겠지만 직소기를 구비한 이삿짐센터는 자신의 업체밖에 없다고 강조했다. 결국 책장은 반이 잘려나간 병신으로 집안으로 들어왔다.

이사를 다 해놓고 한숨 돌리고 나니 집주인에서 월 세입자로 전락한 내 처지가 한심스러웠다. 이 모든 게 다 보증을 잘못 선 탓이고 보면 '보증서지 마라'는 유언이나 가훈은 결코 개그 소재가 될 수 없었다.

이사한 지 열흘쯤 지났을까, 어느 날 오전에 한 여자가 찾아왔다. 서른다섯 살쯤 먹었을까? 처녀처럼 상큼한 맛은 없었지만 수수한 얼굴과 차림새였다.

"저, 전에 이 집에서 살던 사람인데요…."

나는 뒤이어 나올 말을 기다렸으나, 그녀는 수줍음 탓인지 성격적 결함 탓인지 말을 제대로 잇지 못했다. 그래서 나름대로 그녀가 이 집을 찾아온 목적을 추리했다. 이사 가고 난 뒤 배달된 우편물을 찾으러 왔거나, 이사할 때 빠트린 물건을 찾으러 왔을 거라고 여겼다. 나는 그 동안 우편함에 든 이동통신요금 고지서나 백화점 같은 데서 날아온 판촉물, 도로교통법 위반 범칙금 통지서 등을 하나도 버리지 않고 반송 우편함 속에 넣었다. 그러고 보니 이사할 때 전 주인이 미처 챙겨가지 못한 물건으로 보이는 게 하나 있긴 있었다. 손가방 하나가 신발장 안에서 발견되었는데, 명품도 아닌 데다 낡기도 해서 대형 쓰레기 봉지에 넣어 버렸던 사실을 기억했다. 아닌 게 아니라 그걸 쓰레기 봉지에 넣을 때 잠시 망설였고, 쓰레기 수거함에 투척할 때 어딘가 좀 찜찜했다.

"혹시 신발장에 두고 간 가방을 찾으러 온 거 아닌가요?"

"저 그게 아니구요…."

"그럼 우편물인가요? 우편물은 죄다 반송함에 넣어뒀습니다."

"미안하지만 안으로 좀 들어가도 되나요?"

나는 그 말에 좀 당황했다. 아무리 전에 살던 집일지라도 지금은 엄연히 남의 집이고, 더구나 상대방의 입장에서 보면 난 생처음 본 외간 남자 아닌가. 나는 짐짓 태연했지만 그렇다고 해서 생면부지인 여자를 함부로 집안으로 들일 순 없었다.

"나쁜 여자 아니에요. 잠깐이면 돼요. 안심하세요."

여자가 재촉했다. 나는 뉴스에서 여성 강도를 들어본 적도 없거니와, 설령 그런 일이 지금 벌어진다 해도 얼마든지 제압할 수 있다고 판단했다.

"뭐 그렇게 하시지요."

"뭘 좀 찾을 게 있어요."

여자는 제집처럼 현관으로 들어섰다.

"놓고 간 가방은 제가 버렸다고 말씀드렸는데요."

나는 잘못을 시인하듯 말했다. 하지만 그녀는 내 말에 일언반구도 없이 대뜸 방을 가로질러 화장실 안으로 들어갔다. 이 당돌하고도 무례한 여자의 행동을 나는 멀거니 서서 보기만 할 뿐이었다. 화장실 안으로 들어간 여자는 까치발을 하고 팔을 뻗어 천장의 전공구(電工口)를 밀어내고는 구멍 안으로 손을 넣었다.

"이것 보세요. 지금 남의 집에서 뭐하는 겁니까?"

"잠깐만요, 잠깐이면 돼요."

여자의 어투는 타인의 주거를 침입하고 사생활을 방해할 권리가 있기라도 하는 듯했다.

"뭐가 잠깐이면 된다는 겁니까."

"아 뭘 좀 찾아야 해요."

"핸드백은 제가 버렸다고 말하지 않았습니까!"

나는 좀 신경질적으로 말했다.

"아 미안해요. 잠깐만요, 잠깐이면 돼요."

여자는 쓰레기 봉지에 넣어서 내다버린 핸드백을 찾으러 온 게 아님이 분명했다. 까치발을 든 여자는 또다시 전공구 속으로 손을 넣었다. 그러나 손만 겨우 들어갈 뿐이었다.

"아저씨가 한번 해봐요."

"저는 아저씨가 아닙니다."

"어머, 죄송해요. 그런 줄도 모르고. 그럼 뭐라고 불러야 되나요?"

여자는 까치발을 풀었고 전공구를 더듬던 손도 제자리를 찾았다.

"제 이름은 신수돌입니다."

"신수돌 씨?"

"네."

"보시다시피 제 키가 좀 작아서 그러는데요, 수돌 씨가 나 대신 좀 해보면 안 되겠어요?"

"대체 그 안에 뭐가 들어 있다고 이런 난리를 피웁니까? 금괴라도 숨겨놨습니까?"

"신수돌 씨는 몰라도 돼요."

나는 화장실 안으로 들어갔고 그녀는 밖으로 나왔다.

"성함이 어떻게 됩니까?"

먼저 이름을 발설한 게 손해인 듯해서 본전 찾는 기분으로 물었다.

"김숙자예요."

나는 여자를 대신하여 전공구 안으로 손을 넣었다.

"대체 뭘 찾는 겁니까?"

손 감각에 의존하여 어둠 속을 더듬었지만 만져지는 건 나사못 몇 개가 전부였다.

"뭐 그런 게 있어요. 신수돌 씨는 몰라도 돼요."

여자의 무례를 더 이상 허용할 순 없었다. 나는 세면기 수도꼭지를 틀고 더러워진 손을 씻었다. 그러자 그녀는 허락도 없이 화장실 안으로 들어와 변기를 딛고 올라섰다. 그녀의 행동이 하도 어처구니없어 나는 그저 바라볼 뿐이었다. 여자의 행동은 시쳇말로 맛이 간 게 분명했다. 이와 같은 여자의 행위는 길 가는 사람 아무나 붙잡고 물어봐도 정신병원에 입원해야 할 사안이라 평가할 터였다. 그렇긴 하지만 기왕 일이 여기까지 오게 되었고, 또 보아하니 무슨 악의가 있어 그런 것 같지는 않으니 내친김에 조금만 더 인내심을 발휘하자고 마음먹었다. 어쨌거나 변기 위에 올라선 그녀의 키는 천장에 닿을 만큼 커지긴 했으나 그 대신 전공구가 그만큼 떨어졌다. 보통 아파트였다면 욕조를 딛고 서면 되겠지만, 책장 하나 못 들어온 이 집 화장실에는 샤워기 하나만 달랑 벽에 붙어있을 뿐이었다. 그렇긴 해도 전공구 안을 샅샅이 살필 방법이 아주 없는 건 아니었다. 내가 그녀를 들어 올리거나 엎드려 등을 밟고 올라서게 하거나 의자를 가져오면 될 테지만 인내심이 한계에 다다랐다.

"김숙자 씨, 그만 나가주시죠! 지금 당장 나가지 않으면 경찰을 부르겠습니다."

나는 목소리에 힘을 실었다.

"어머나, 죄송해요. 남의 집이라는 사실을 깜빡했네요."

그녀는 마치 몽유병에서 깨어난 사람처럼 조금 전까지 행동과 전혀 다른 태도를 보였다. 얼굴에 당황하는 빛이 역력하고 몸을 어디다 둘지 몰라 하기에, 내가 너무 심하게 굴었나, 하는 생각마저 들었다.

여자가 돌아가면서 그 소동은 일단락되었으나 그날 새벽 여명이 유리창에 어릴 때까지 나는 잠들지 못했다. 낮에 일어난 일이 한 편의 무성영화 필름처럼 재생되었다. 상식에 비춰볼 때 그 일은 비현실적이었고, 그래서 마치 한바탕 꿈을 꾼 듯했다.

그녀의 존재를 처음 알게 된 그날의 기억이 선명하다. 공인중개사 사무실에서 집주인과 계약을 맺을 때 그녀는 세입자 자격으로 참석하기로 돼 있었다. 그러나 그녀는 참석하지 않았다. 대신 만나기로 약속한 그 시각에 전화가 공인중개사 사무실로 걸려왔다. 자신의 보증금을 온라인으로 부쳐달라는 취지의 통화였다. 나는 전 세입자인 그녀가 월세였는지 전세였는지, 또 남편과 자식은 있는지, 있다면 몇 명인지 알지 못했다. 그녀를 향한 관심은 처음 며칠간은 그녀보다 그녀가 찾으려는 물건이 무엇인지가 더 궁금했다. 그래서 천장 속을 뒤져보려 했으나, 때마침 시일을 다투는 번역 일거리가 들어와 천장 속에 혹시 있을지 모를 물건 찾는 일을 차일피일 미루었다. 그 숙제 아닌 숙제는 감열지에 인쇄된 글자가 시일이 지나면 희미해지듯이 내 기억 속에서 차츰 지워졌다.

그러던 어느 날, 아파트 관리소 배관공들이 들이닥쳤다. 그들이 그녀의 존재와 천장 속의 물건에 대한 기억을 일깨웠다. 그날 배관공이 말하기를, 아랫집 천장이 배가 부르고 거기서 물이 떨어지는데 물이 새는 지점이 우리 집으로 추정되어 조사를 벌여야겠다는 거였다. 나는 배관공들을 방안으로 들였다.

"우리 집에서 새는 게 확실합니까?"

나는 볼멘소리로 물었다.

"검사를 해봐야 알겠지만 여기가 아니면 샐 때가 없어요."

배관공 중에 붉은 코팅 목장갑을 낀 사내가 말했다. 그러니까 그 말의 요지는 물이 새는 집은 805호인데, 905호와 1005호의 혐의가 벗겨졌으니 1105인 우리 집이 혐의가 짙지 않겠느냐는 거였다. 그래서 나는 1205호, 1305호는 혐의가 없냐고 조심스럽게 물었다.

"물론 그럴 가능성이 없는 건 아닙니다만 층이 높을수록 수압이 떨어지니까 아래부터 위로 조사하는 게 순섭니다."

작업모를 쓴 배관공이 말했다. 물탱크가 옥상에 있으니 그 말에도 일리가 없는 건 아니었다.

"만약 우리 집에서 물이 새고 있다면 어떻게 되는 겁니까?"

"공사를 해야죠."

몽키 스패너를 든 배관공이 말했다.

"얼마 동안이나요?"

"봐야 알겠지만 이삼일 잡아야 돼요."

이사를 잘못 왔다는 생각이 들었다. 배관공들은 주방 쪽 벽면에 먼저 누수 탐지기를 들이댔고, 거기서 별 이상을 탐지하지 못했는지 다시 탐지기를 화장실 안으로 갖고 들어갔다. 두 배관공이 화장실을 탐지하고 있는 사이에 작업모를 쓴 배관공이 대문 밖에 있던 접이식 사다리를 방안으로 가지고 들어왔다. 도배공들이 주로 사용하는 접이식 발판이었다. 잠시 후 붉은색 코팅 목장갑을 낀 배관공이 발판을 욕실 안으로 가지고 들어갔다. 그는 그것을 딛고 일어났다. 그의 머리가 전공구 안으로 쑥 들어갔다. 그때서야 나는 얼마 전에 주거를 침입하고 사생활을 방해했던 그 여자를 떠올렸다.

"아저씨, 천장에 뭐 없어요?"

머리를 전공구 안으로 밀어 넣었던 배관공이 도로 머리를 뺐다.

"뭐요?"

"그 안에 아무것도 없냐구요?"

배관공은 다시 머리를 전공구 안으로 밀어 넣은 뒤 손전등을 비췄다. 그의 몸이 마술사에 의해 목이 잘린 사람처럼 보였다. 이윽고 배관공이 전공구에서 머리를 뺐다.

"뭘 찾는데요?"

"아무것도 없어요?"

"먼지뿐인걸요."

"다시 한번 잘 찾아봐요."

주객이 전도된다는 말처럼 배관공들은 누수탐지보다 천장 안의 물건을 찾기 위해 파견된 사람 같았다. 발판에서 내려오려던 배관공은 내 말에 전공구 안으로 머리를 다시 넣었다. 그리고 잠시 후 그는 발판에서 내려왔는데, 손에 편지 한 통이 쥐어져 있었다.

"이거밖에 없던데요."

나는 그 편지를 건네받았다. 편지는 뽀얀 먼지를 뒤집어쓰고 있었다.

"이거 맞아요? 이거 말고 또 있던데요."

나는 그에게 일단 그것을 모두 내려줄 것을 부탁했다. 그러자 그는 투덜대며 발판에 다시 올라섰다. 그녀가 찾는 것은 그게 아닐 터였다. 무엇보다 편지는 금반지나 골동품처럼 값나가는 물건이 아니었다. 그것은 어디까지나 사람의 생각을 글로 표현한, 경우에 따라서는 재활용도 안 되는 종이 쪼가리에 지나지 않았다.

그날 배관공들은 우리 집에서 누수 혐의를 잡지 못한 채 돌아갔다. 두 시간 남짓한 시간이었지만 사생활을 침해받은 나로서는 두 번 다시 그런 일이 없었으면 싶었다. 아무튼 두 시간이 이틀이 되지 않은 게 천만다행이었다.

그날 배관공이 내게 건넨 편지 뭉치는 모두 다섯 통이었다. 글씨체로 미루어 남성이고 매우 섬세한 성격의 소유자로 짐작되었다. 나는 일단 그것에 쌓인 먼지를 털어낸 뒤 첫 번째 편지를 읽었다. 예사롭지 않은 연서(戀書)였다. 순간 내 마음은 장구한 세월 동안 지층에 묻혀 있던 유물을 발굴한 고고학자처럼 가볍게 떨렸다. 한 여자를 사랑하는 한 남자의 애끓는 마음이 문장에 고스란히 녹아 있었다. 글을 읽어내려 가던 나는 다음 대목에서 눈길을 멈추었다.

— 만약 당신이 나를 거부하면 나는 산송장입니다. 하지만 당신이 나를 진심으로 받아들이면, 그 순간부터 나는 비로소 생각하고 꿈꾸는 인간이 됩니다.

읽는 이의 인생관에 따라 그 문장은 상반된 평가를 받을 소지가 다분했다. 혹자는 그 글을 유치한 감정을 그럴듯하게 포장한 문장이라 치부하겠고, 또 다른 혹자는 요즘같이 순수가 메마른 시대에 그와 같은 열정은 귀히 대접받아 마땅하다고 평가하겠다. 누군가 나에게, 그러면 너는 어느 쪽인데? 하고 물으면 나는 후자 쪽을 선택할 수밖에 없다. 기실, 그 연서를 읽으며 누군가로부터 사랑받고 싶은 생각이 간절하게 들었다. 누군가를 사랑하고, 또 누군가로부터 사랑을 받고 싶다는 소망이 생긴 데는 요즘 내가 번역하고 있는 책의 내용과 무관하지 않았다. 그 텍스트에 의하면 사람이 사람답게 보일 때는 누군가를 사랑할 때이고, 만약 사랑하는 대상이 없거나 아무도 사랑하지 않는다면 산송장과 진배없다고 했다. 사랑이야말로 인생을 송두리째 걸고 추구해볼 만한 가치 있는 것이고, 우리가 일생을 두고 추구해야 할 과제였다. 우리는 삶의 진정한 가치를 모르기 때문에 방황한다. 가치 있는 삶이 무엇인지 모르기 때문에 더 비싼 자동차, 더 큰 저택, 더 좋은 직장을 찾아다닌다. 그런 것들은 우리에게 공허만 안겨줄 뿐이다. 인생의 의미를 추구하는 삶은 곧 사랑을 희구하며 사는 삶이다. 인생의 의미란 사람 사이의 관계에서 싹트는 것이다. 서로 사랑하는 관계를 만들라. 그러면 공허가 당신으로부터 멀리 달아날 것이다. 공허한 삶은 인간을 망가뜨린다. 그러므로 멸망에 이르지 않기 위해서는 서로 사랑해야 한다.

나는 그 문장에 마음이 움직였다. 번역은 감상이 아니라 노동이므로 일을 하면서 감동하기란 좀체 어려운 일이었다. 텍스트 저자 식대로 표현하면, 나는 사랑에 굶주린 인간이므로 허기를 채우는 것은 밥이 아니라 '사랑'이었다.

 어쨌거나 그 편지 뭉치를 다 읽고 난 느낌은 한마디로, 이 혼탁한 시대에 이런 순정파 희귀종이 멸종되지 않고 살아남은 게 신기했다. 나는 불현듯 그 연서를 희귀 골동품 소장하듯 보관하고 싶었다. 그러나 그 편지는 임자가 있었다. 그렇지만 그녀가 주거침입을 하고 사생활 방해를 하는 법석을 떨면서 찾던 물건이 그 편지라고 단정 지을 순 없었다. 만약 그녀가 찾던 물건이 그 편지라면 돌려주어야 마땅했다. 나는 그녀의 주소도 전화번호도 모르지만 그런 것쯤은 얼마든지 알 수 있었다. 전 주인에게 전화를 걸거나, 이 집을 중개한 공인중개사에게 알아보는 방법도 있었다. 그러나 나는 그 어디에도 전화를 걸지 않았다. 도덕과 양심에 걸리지 않은 건 아니었으나, 그 편지는 그녀가 찾는 게 아닐지 모르고, 설령 그녀가 찾는 게 맞다하더라도 그런 사소한 양심까지 어떻게 다 지킨단 말인가. 게다가 그것을 그녀에게 돌려준다 한들 무엇이 달라지겠는가. 만약 그것이 그녀에게 반드시 필요한 물건이라면, 이를테면 값나가는 금붙이거나 병을 고치는 약이나 악기(樂器) 같은 거라면 생각을 달리해야겠지만 말이다.

 그리하여 나는 그 편지 뭉치를 소장하기로 마음먹었다. 그렇게 마음을 굳히니 그 연서가 더 귀하게 여겨졌다. 한편으로 스스로 좀 뻔뻔스럽다는 생각이 들기도 하는 것이어서 애써 그것의 필요성을 되새겼다. 지금은 비록 남의 책을 번역하여 입에 풀칠하지만 언젠가는 소설을 쓸 것이고, 그것은 그때 훌륭한 자료가 되어줄 터였다. 나는 편지 봉투의 소인을 눈여겨 보았다. 지금으로부터 2년 전에 배달된 편지였다.

  나는 욕실 천장 위를 샅샅이 수색했다. 손이 닿지 않는 지점은 낚싯대를 동원했다. 그리하여 나는 그 은밀한 곳에 숨어 있던 편지를 모두 손에 넣었다. 그리고 맛난 음식을 음미하듯 천천히 읽어 내려갔다. 편지는 사랑의 격정과 감미로움, 때로는 사랑 아니면 죽음을 달라는 식의 결연한 의지를 보이는 문장으로 가득 메워져 있었다. 추측건대 두 사람은 서로 뜨겁게 사랑하고 있으나 여자가 처한 특수한 환경이 사랑의 열매를 맺지 못하도록 훼방을 놓고 있었다. 나는 상상했다. 여자가 처음 그 편지를 받았을 한때를. 편지를 읽은 여자는 설레고 한편 두렵기도 했을 터이다. 욕실 천장 위에 편지를 숨겼다는 것은, 편지를 은닉할 장소를 세심하게 물색했다는 반증이다. 여자는 편지를 읽은 뒤 당황하며 전공구 뚜껑을 연 뒤 편지를 던졌을 것이었다. 여자가 답장을 썼는지, 썼다면 무슨 내용을 썼는지 알 수 없지만, 그런 수고를 감내하면서 편지를 은밀하게 보관하려 한 것으로 미루어 여자 또한 남자를 열렬히 사랑했음에

틀림없다. 만약 남자만의 짝사랑이었다면 여자는 편지를 은닉하는 위험을 감수하지 않았을 터이다. 이를테면 편지를 읽은 즉시 불태워 증거인멸을 했거나, 적어도 구겨서 쓰레기통에 던져버렸을 테니 말이다. 그러므로 욕실 천장 위의 공간은 고귀한 '내 사랑'이 숨 쉬는 그녀만의 장소인 셈이었다.

배관공들이 다녀가고 난 뒤부터 소음이 들려오기 시작했다. 날카로운 금속음이 들리는가 하면 콘크리트 벽을 깨는 둔탁한 소리가 들려왔다. 그런데 그 소음이 잦아든 어느 날 그 여자가 다시 나타났다.

"또 왔네요. 지난번엔 정말 죄송했어요."

나는 당황했다. 세수도 안 한 채 팬티 차림으로 있어서가 아니라, 편지를 찾으러 왔을는지도 모른다는 생각이 들어서였다. 나는 방바닥에 돌아다니던 추리닝 바지를 얼른 입었다.

"들어오세요."

손님을 문밖에 마냥 세워둘 순 없었다.

"늦게 주무셨나 봐요."

여자가 계면쩍게 웃었다.

"아 예, 전 좀 늦게 자고 늦게 일어나는 편입니다."

"제가 이렇게 다시 찾아온 것은 다름이 아니라…."

여자는 더 이상 말을 잇지 못했다.

"욕실 천장 속을 또 뒤지러 오셨나요?"

"네."

여자가 가녀린 목소리로 대답했다. 그러자 나는 그녀가 좀 안됐다는 생각이 들었다.

"말이야 바른 말이지, 지난번엔 좀 당황했더랬습니다."

"죄송해요. 마음이 급한 나머지 타인을 배려하지 못했어요. 어렵겠지만 제 마음을 이해해 주셨으면 해요."

나는 그녀의 말 중에 '마음이 급한 나머지'에 방점을 찍었다.

"굉장히 중요한 물건인가 보군요, 찾으려는 물건이?"

"다른 사람에겐 아무 소용없는 거예요."

"뭔데요?"

"편지예요."

"편지라구요?"

나는 시치미를 뚝 뗐다.

"그까짓 편지가 뭐 그리 중요하단 말입니까."

"내겐 중요한 거예요."

"금붙이나, 뭐 그밖에 값나가는 게 아닌데두요?"

그러자 그녀가 나를 바로 쳐다보았다.

"사람마다 취향이 다르듯이 사람마다 소중하게 여기는 게 다 달라요."

나는 대답 대신 고개를 주억거렸다.

"좀 앉으세요."

그렇게 말하고 보니, 수작을 거는 것으로 오해할 수도 있겠다는 생각이 들었다.

"시간이 없어요. 지금 화장실 천장을 좀 살펴봐도 될까요?"

언뜻 듣기에 여자의 그 말은 정중한 부탁처럼 보였지만 실은 뼈 있는 완강한 어조의 말이었다.

"천장 속엔 아무것도 없어요."

"어떻게 그걸 알아요, 천장 안을 살펴봤나요?"

여자가 눈을 크게 뜨며 말했다.

"암튼, 편지 같은 건 없었습니다."

이럴 때일수록 강단이 필요했다.

"그날 제가 가고 난 뒤 그곳을 뒤졌다는 말이군요."

여자의 말에 가시가 돋쳤다. 그 어조는, 내게 그런 권한이 없는데 어째서 자신의 허락도 없이 그곳을 뒤졌느냐는 말로 들렸다.

"내가 뒤진 게 아니고, 그러니까 그게…"

궁색한 변명을 궁리한 끝에 나는 배관공이 다녀간 이야기를 했다.

"그러니까 뭐예요, 배관공이 누수가 있는지를 살펴보기 위해 천장 안을 들여다보았을 때 아무것도 보이지 않았단 말인가요."

"네, 맞아요. 생각보다 이해력이 높으시군요."

"그럴 리 없어요."

여자가 칼로 무를 동강내듯 단호하게 말했다.

"그럼 제가 지금 거짓말을 하고 있다는 말입니까?"

순간 얼굴로 열이 오르는 걸 느꼈다. 나는 어디다 둘 데 없는 손을 눈가로 옮겨 눈곱을 떼어냈다.

"정말 아무것도 없었나요?"

"네, 아무것도 없었습니다."

나는 어금니를 지그시 깨물었다.

"그럴 리 없어요."

"만약 편지 같은 게 발견됐다면 무엇 때문에 그 사실을 숨기겠습니까. 편지가 값나가는 물건이기라도 합니까? 안 그렇습니까?"

그렇게 말을 뱉고 나니 스스로 좀 뻔뻔스럽다는 생각이 들었다.

"그럴 리 없어요. 분명히 거기다 편지를 넣어뒀다니까요."

나는 여자가 던지는 의혹의 눈길을 피했다.

"그래요? 그렇다면 혹시 생쥐가 물고 간 게 아닐까요?"

"네에! 아파트에 생쥐가 있어요?"

그렇다, 아파트에는 쥐가 없다. 1970년대에 지어진 아파트라면 모를까 현대식 아파트에서 쥐가 나왔다는 말은 어디에서도 들어본 적 없다. 또 설사 아파트에 쥐가 산다하더라도 쥐는 편지를 물고갈 수 없다. 내가 무리수를 두었다고 깨달은 데는 그리 오랜 시간이 필요하지 않았다. 잠시 피할 데를 찾아보았지만, 그런 곳은 어디에도 없었다.

"관리소 배관공들한테 물어보세요. 내 말이 진짠가 거짓말인가."

나는 초강수를 두었다. 공격만이 최선의 방어라는 말도 있지 않은가. 그러나 경우에 따라서 그 말은 걷잡을 수 없는 사태를 야기할 수도 있었다. 이 모든 게 다 심리적으로 수세에 몰린 탓이었다. 나는 잃어버린 평정을 되찾기 위해 심호흡 하며 마주 앉은 여자를 보았다. 반 무릎 꿇은 자세로 앉은 그녀의 모습이 단아했다. 지난번과 달리 옅은 화장을 한 얼굴은 중년에 접어든 여자의 원숙미가 엿보였다. 뒤이어 느닷없이 그녀의 옷을 한 꺼풀씩 벗겨내는 상상을 했다. 나는 얼굴이 벌겋게 달아올랐다. 그 상상을 현실로 옮기고 말고는 순전히 용기와 선택의 몫이었다.

"확인해도 될까요?"

찬물을 끼얹는 듯한 여자의 말에 퍼뜩 정신이 들었다.

"맘대로 하세요."

그러자 여자는 식탁 의자를 욕실로 옮겼다.

"의자 좀 잡아요."

나는 흔들리는 의자를 잡아주며 심호흡을 했다. 당장 관리실로 달려가 배관공들을 만나는 대신 이렇게 전공구 안을 살피는 게 천만다행이었다. 여자의 치맛단이 얼굴에 닿았다. 그것은 버들강아지가 얼굴에 닿듯 감미로우면서 간지러웠다. 나는 치맛단이 얼굴에 닿을 만큼 얼굴을 수그렸다. 여자의 엉덩이가 볼에 살짝 닿았다. 여자의 치마 속에서 옅은 비누 향 같은 살 냄새가 났다. ……내 손이 나도 모르게 여자의 치마 속으로 들어갔다. 순간 여자의 몸이 움찔하며 의자가 흔들렸다. 여자의 머리는 여전히 전공구 안에 있었다. 나는 여자의 엉덩이와 허리를 힘껏 감싸 안았다. 나는 호크를 풀고 치마를 내렸다. 분홍색 삼각팬티가 드러났다. 그 속에 거무스름한 거웃이 보였다. 나는 골반에 걸쳐져 있던 팬티를 발목까지 내렸다. 뒤이어 엉덩이를 감싸 안으며 미친 듯이 입술과 볼을 아랫배와 거웃에 비벼댔다. 하체에 힘이 빠지는지 여자는 무릎을 꺾었다. 나는 보쌈 하듯 그녀를 어깨에 맨 채 방안으로 들어와 눕혔다.

"뭐 하세요? 의자가 흔들리잖아요. 손전등 좀 빌려주세요."

그녀의 말이 상상의 나래에 찬물을 끼얹었다. 옅은 비누 향 같은 여자의 체취는 더 이상 나지 않았다. 나는 손전등 대신 라이터를 그녀의 손에 쥐여 주었다. 그녀는 천장 속 어둠을 라이터 불로 밝혔다.

"것 보세요. 아무것도 없죠. 내려와 손 씻으세요."

나는 여자에게 수건을 갖다바치는 친절을 베풀었다.

여자가 돌아간 뒤 나는 근심에 휩싸였다. 대문을 나선 여자가 그 길로 배관공들을 만나면 어쩔 것인가. 나는 거짓말에 대한 뒷감당을 위해 몇 가지 상황에 따른 시나리오를 짜놓고 그녀를 기다렸으나 그녀는 다시 나타나지 않았다.

나는 잠이 오지 않을 때마다 습관처럼 그 편지를 꺼내보곤 했다. 편지를 읽을 때마다 다른 상상을 했다. 여자의 답장을 구할 수만 있다면 완벽한 시나리오를 만들 수 있을 거란 생각을 했다. 그래서 행여 남아 있을지 모를, 부치지 않은 답장을 찾기 위해 집안의 은밀한 곳을 뒤져보았다. 8평짜리 아파트에 그런 데가 있기나 하겠냐고 비웃을지 모르지만 편지가 발견된 곳이 욕실 천장이고 보면 은밀한 곳은 얼마든지 있을 수 있었다. 나는 몽유병자처럼 한밤중에 불을 환히 밝힌 채 어딘가 있을 편지를 찾기도 했다. 설령 부치지 않은 답장이 어딘가 있었다 해도 이사할 때 쓰레기와 함께 쓸려나갔을 것이다. 이럴 줄 알았다면 청소할 때 쓰레기를 봐가면서 버릴 걸 그랬다고 후회했다.

나는 때때로 여자와 사랑을 나누는 상대방으로서의 나를 상상했다. 상상은 꿈으로 이어지기도 했다. 그러다 문득 여자가 독신일지 모른다는 생뚱한 생각이 들었다. 그동안 한 번도 그녀가 유부녀라는 것을 의심하지 않은 내가 의심스러울 정도였다. 유부녀라면 으레 자녀가 하나나 둘쯤 있을 터이고, 8평짜리 아파트에 세 식구가 살기란 너무 비좁다. 가난하면 8평이 아니라 5평에서도 다섯 식구가 살 수 있는 것이지만 가난에 찌든 중년 부인이라기에는 너무 싱그럽지 않은가.

그런 어느 날 우연한 기회에 그녀에 대한 정보를 입수했다. 이사 온 지 삼 개월쯤 지났을 무렵이었다. 그날 아침에 누군가 초인종을 연거푸 눌러댔다. 요즘 잡상인은 겁도 없어, 하고 중얼거리며 대문을 열었는데 앞집에 사는 뚱보 아줌마였다.

"저기 좀 보세요."

그녀는 손가락으로 승강기 앞을 가리켰다. 토사물이었다.

"누가 이런 몹쓸 짓을!"

나는, 내 눈을 빤히 쳐다보는 뚱보 아줌마를 쳐다보며 말했다. 그것으로 그 토사물과 내가 아무런 관련이 없다는 게 증명되는지 확인할 길이 없어 다음과 같은 말로 쐐기를 박았다.

"술을 처먹었으면 곱게 처먹을 일이지 말이야."

"정말 누가 그랬는지 몰라요?"

다 잡은 범인을 놓치기라도 한 듯이 뚱보 아줌마 목소리는 풀기를 잃었다.

"제가 치우겠습니다."

말이야 바른 말이지 토사물은 승강기 정면에서 오른쪽, 그러니까 뚱땡이 아줌마 집으로 반 발짝 치우쳐 있으므로 굳이 내가 처리하지 않아도 될 일이지만, 나는 이럴 때일수록 신사도를 발휘해야 한다고 생각했다.

"아니에요. 집에 있는 제가 치워야죠."

그렇다면 나는 집에 없는 인간이란 말인가. 나는 갑자기 투명인간이 되어버렸다.

"저, 뭣 좀 물어볼 게 있는데요."

"물어보세요."

"전에 우리 집에 살던 여자분 말인데요, 혼자 살았나요?"

"가끔 남자가 보이긴 했어요."

가끔 보였던 그 남자는 남편일 수도 있고 아닐 수도 있었다. 전 주인에 관해 더 이상 물어보았다가는 이상한 사람이 될 게 뻔해서 그쯤에서 그쳤다. 나는 수고하라는 말을 남기고 아파트 안으로 들어왔다. 그녀는 생각하면 할수록 장막에 휩싸인 여자였다. 나는 습관처럼 서랍 속에서 그 편지를 꺼내 읽기 시작했다.

— 당신의 전체를 갖지 않고서는 내 삶은 아무런 의미가 없어요. 철로의 평행선 같은 우리의 삶은 언제쯤 만날 수 있나요. 나는 마침내 궤도를 일탈하여 당신에게로 다가서고야 말 것입니다. 그러니 당신도 일탈을 준비하십시오. 일탈은 빗나가거나 벗어남이 아니라 새로운 길을 만드는 행위라는 것을 당신도 잘 알지요. 당신 마음이 온전히 바뀔 때까지 인내하고 기다리겠습니

다. 당신의 사랑 H로부터.

그만 공개하자. 그건 편지 주인공들에 대한 예의가 아니다.

편지를 찾기 위해 한 번쯤 더 찾아올 법도 하건만 그녀는 나타나지 않았다. 나는 이제 그만 그 편지를 임자에게 돌려주고 싶었다. 편지를 임자에게 돌려주고 싶은 것은 편지를 핑계로 그녀를 한 번 더 만나고 싶다는 간접적 표현이었다. 그녀를 만날 방법이 아주 없는 건 아니었다. 집주인이나 공인중개사에게 전화번호를 알아낸 뒤 편지를 돌려주겠다고 하면 그녀는 한걸음에 달려올 터였다. 하지만 그건 말처럼 쉬운 일이 아니었다.

방을 옮긴 게 초여름이었는데 어느덧 가을이 깊었다. 책장 하나 들어오지 못하는 방으로 이사를 하게 만든 장본인은 아직 나타나지 않았다. 새장 같은 아파트 베란다 너머로 보이는 푸른 하늘은 아득했고, 지상에 위태로이 서 있는 나무들은 단풍이 들었다. 나는 그 가을이 좀 오래 지속되었으면 좋겠다는 생각을 했다. 출판사로부터 의뢰받은 번역일은 퇴고만 남았다. 나는 사랑하지 않으면 멸망하리라는 문장을 가슴에 새겼다. 진정 사랑하지 않으면 멸망할 것 같았다. 멸망하지 않기 위해서는 사랑을 해야 했다. 오랜만에 CD플레이어 작동 버튼을 눌렀다. 가을엔 편지를 쓰겠어요. 누구나 그러하듯이…. 자주 듣는 곡이었지만 그날따라 더욱 가슴에 사무쳐왔다.

반쯤 남은 커피가 다 식었을 때 나는 자리에서 벌떡 일어나 전화를 걸었다. 집주인은 그녀의 전화번호와 이사 간 곳을 정확히 알고 있었다. 여기서 그다지 멀지 않은 아파트였다. 나는 집주인이 일러준 전화번호로 전화를 걸었다. 두세 번 길게 신호음이 울린 뒤 누군가 전화를 받았다. 그녀였다.

"당신이 찾는 편지는 내가 가지고 있어요. 언제 찾으러 올 겁니까?"

"……."

그 순간, 직감적으로 지난여름에 내가 한 일을 그녀가 알고 있다고 느꼈다.

"왜 가만 있는 거죠? 다 알고 있었나요?"

"네."

"언제부터요?"

"두 번째 댁을 방문했을 때 아파트 관리사무실에서 그 배관공을 만났어요."

"왜 가만있었어요?"

"언젠가 돌려주리라 믿었기 때문이에요."

나는 '믿었다'는 말에 가슴이 뭉클했다.

"언제 올래요?"

"지금 갈게요."

전화를 끊은 나는 안절부절못했다. 일단 책상 서랍 속에 든 편지를 모두 꺼내 고무 밴드로 묶었다. 그녀가 나타났을 때 어떻게 대해야 좋을지 궁리했지만, 묘수가 떠오르지 않았다.

그리고 두 시간여 후 초인종 소리가 났다. 방범 모니터에서 그녀의 얼굴을 확인했다. 그 순간 내 가슴은 초원을 질주하는 야생마처럼 걷잡을 수 없었다. 나는 일단 문을 열었다.

"안녕하세요."

성난 얼굴로 화부터 낼 것으로 예상했으나 뜻밖이었다.

"죄송합니다. 할 말이 없군요."

나는 중죄인처럼 고개를 숙였다.

"담부턴 그러지 마세요. 재미로 그랬는지 모르지만 당하는 입장에선 괴롭답니다."

나는 훈계조의 그 말이 조금도 섭섭하지 않았다.

"여기 있습니다."

나는 고무 밴드로 묶은 편지 다발을 내밀었다.

"고마워요."

그리고 그녀는 두 손으로 그것을 받아 가슴에 품었다.

"그럼 이만 실례할게요."

그때, 나는 이 순간이 지나면 소중한 무언가를 영원히 잃어버릴 것만 같은 위기감에 사로잡혔다.

"잠시만요."

"네?"

"어째서 그 편지를 찾으려고 그토록 애를 썼나요?"

그녀의 표정이 미묘하게 변했다. 미소 짓는 것 같기도 했고 연민으로 나를 바라보는 듯도 했다. 그녀는 말을 아낀 채 현관문을 열었다.

"그럼 이만."

현관문이 닫히면서 그녀는 사라졌고 갑자기 눈앞이 캄캄해졌다. 나는 현관문을 열고 밖으로 나갔다.

"어째서 그 편지를 찾으려고 그토록 애를 썼나요?"

그녀는 승강기가 올라오기를 기다리고 있었다. 나는 그녀 옆에 섰다.

"그 사람을 사랑했기 때문이에요."

승강기 문이 열렸고 그녀는 안으로 들어갔다. 승강기 문이 닫히려는 순간 나는 버튼을 눌렀다. 덜컹하고 반쯤 닫힌 문이 다시 열렸다. 서로의 눈동자를 바라보며 그녀와 나는 한동안 그렇게 서 있었다. 내 손은 여전히 승강기 버튼을 누르고 있었고, 손가락을 떼는 순간 문은 닫혀버릴 터였다. 그녀의 눈길이 나에게 승강기 안으로 들어오라고 말했다. 나는 뭔가에 이끌리듯 승강기를 탔다. 용기를 낸 데 대한 답례이듯 그녀가 미소 지었다. 곧이어 승강기는 하강하기 시작했고, 아파트 1층 출입구를 빠져나올 때 나는 그녀의 손을 슬며시 잡으며 하늘을 보았다. 비로소 푸른 하늘이 새털처럼 가벼워졌다. 어제까지만 해도 하늘은 푸른 바닷물의 무게를 견디는 하늘이었다. 가없는 하늘 아래, 나는 이제 멸망하지 않아도 좋을 것이다.

인어를 보았다

인어를 보았다는 창수의 말을 누가 믿겠는가. 보통은 충격적인 광경을 목격했더라도 세월이 흘러감에 따라 생생했던 느낌과 감정은 차츰 희석되고 사위어들기 마련이건만, 창수는 그 반대였다. 그의 언행은 시종일관 변함이 없고 진지해서 그 이야기를 듣는 사람은 누구라도 자신이 마치 갯바위 뒤에서 숨죽이며 인어를 훔쳐보고 있는 것 같은 착각에 빠지는 것이었다. 그러다가 창수와 헤어지면 일 분도 채 안 되어 '지금이 어떤 시댄데!' 하고 중얼거리며 한순간이나마 혹세무민에 잠시 빠졌던 자신을 자책했다.

"내 말을 정녕 믿지 못하는 모양인데, 내가 니들한테 뭐하려 거짓말 치겠냐? 또 그딴 사기를 쳐서 내가 얻는 게 뭐냐. 난 오직 진실을 말할 뿐인데, 니들 대가리에 의심이 가득 차 있으니 내 말을 도통 안 들리는 거 아니냐고. 이천 년 전에 예수라는 사람이 이런 말을 남겼다지. 예언자는 고향에서 대접받지 못하고 쓸쓸히 뒷모습을 보이며 떠날 수밖에 없다고…."

그렇다, 창수는 내게 사기를 칠 이유가 전혀 없다. 인어를 보았다는 창수에게 사람들이 너무 민감하게 반응하는 것이다. 그렇긴 하지만, 지금이 어떤 시대인가. 인류가 화성에 거주할 날이 멀지 않은 시점 아닌가.

돌이켜보면 창수는 나를 비롯한 동창생들에게 인심을 잃지 않았다. 그렇다는 증거로 어쩌다 창수가 소주 한잔 하자 하면 특별한 일이 없는 한 쾌히 승낙하는 편이니까. 어쨌거나 인어를 보았다는 창수의 말은 동창들 사이에 화젯거리였다.

"내가 보기에 걔는 맛이 완전히 갔어."

한 친구가 제 관자놀이에 엄지손가락을 빙빙 돌리며 말하자 옆에 있던 친구가 그 말을 받았다.

"그렇게 단정하기엔 근거가 빈약해. 좀 더 지켜 볼 필요가 있어."

"그럼 넌, 창수의 말을 믿는단 말이야?"

"창수의 말을 믿고 안 믿고가 중요한 게 아니라 황당한 이야기를 떠벌리고 다니는 이유를 알아야 한다는 말이지."

"그렇잖아도 나도 그게 궁금해서 직접 물어봤는데, 창수가 하는 말은 봤으니까 봤다고 하는 거지 안 본 걸 봤다고 하겠느냐고 면박을 주더라고."

어쨌거나 창수의 이야기를 듣다 보면 자신도 모르게 이야기 속으로 빠져들고, 그리고는 그 이야기가 사실일지도 모른다는 생각을 번번이 하지만, 작금의 인류는 달을 진즉에 정복하였고 바야흐로 우주선이 화성에 당도할 날을 손꼽아 기다리고 있는데, 한갓 서양 동화에 나오는 머리는 사람이요 몸통은 물고기인 반인 반어의 존재를 믿는다는 걸 좀처럼 받아들일 순 없었다.

〈작년 6월 중순경이었어. 그날 하루 종일 마음이 심란해서 이튿날 꼭두새벽에 낚시가방을 챙겨 강화도 동막 해안으로 차를 몰았지. 바다가 가까워질수록 안개가 짙어지는가 싶더니 대교를 넘어서면서부터는 한 치 앞을 분간할 수가 없었어. 라이트 불빛이 길을 비췄지만, 거의 감으로 운전했고, 안개가 무슨 거대한 벽처럼 느껴지던 새벽이었지. 해안에 도착한 시각은 동틀 무렵이었지만 안개 탓에 날은 아직 어두웠고, 나는 차 트렁크에서 낚시 가방을 꺼내 어깨에 메고 갯바위로 걸었지. 이상한 느낌이 온 것은 그때부터였어. 뭐랄까, 어떤 강렬한 기운이 나를 휩싸고 있는 것 같았어. 이렇게 말하니까 어떤 사람은 짙은 안개 속에 갇히면 누구나 그런 느낌을 받는다고 하는데, 분명히 말하지만 그 느낌은 안개로 인한 게 아니었어. 굳이 설명하자면 어떤 초자연적인 힘이 나를 그리로 이끌었다고나 할까. 하여튼 나는 그 힘에 이끌려 바닷가로 걸어갔고, 그리고 얼마 후 인어를 본 거야. 인어는 내가 발걸음을 멈춘 곳에서 불과 십 미터 앞 갯바위에 걸터앉아 흐느끼고 있었어. 흐느꼈다고 했는데, 어쩌면 그 소리는 흐느낌이 아니라 나를 부르는 소리였는지도 몰라. 왜 그러냐 하면, 우리 인간들은 동물의 소리를 어떤 것이든 막론하고 한가지로 운다고 표현하거든. 그건 옳지 않아. 동물의 소리 중에는 우는 소리도 있고 웃는 소리도 있고 또 부르는 소리도 있다는 말이지. 그렇다고 해서 인어가 동물이라는 뜻은 아냐. 나는 지금도 잘 모르겠어. 인어가 동물인지 사람인지 말이야. 그 판단은 다음에 하고, 내가 말하고 싶은 건, 네가 믿거나 말거나지만, 난 그때 인어를 똑똑히 봤다는 사실이야. 분명히 말하지만, 상체는 머리가 긴 여자였어. 볼록한 가슴도 있었지. 그런데 하체는 영락없이 큰 물고기였단 말이야. 순간 두려움에 휩싸여 주위를 두리번거렸지만 몸을 숨길 만한 엄폐물은 보이지 않았어. 난 두려움과 호기심이 반반 섞인 마음으로 내 눈앞에 나타난 신비한 존재를 좀 더 자세히 보기 위해 발걸음을 옮겼어. 인어와 나 사이는 점차 좁혀졌고, 계속 무슨 소리가 났는데, 내 귀에는 그 소리가 여전히 울음소리로 들렸지만, 좀 전에 말했듯 나를 부르는 소리였는지도 몰라. 그 소리가 나를 부르는 소리였다고 생각한 건 물론 그 일이 일어난 지 한참 지난 후야. 만약 그때 그 소리가 나를 부르는 소리였다고 판단했다면 난 당연히 두려움을 떨치고 인어 곁으로 다가섰을지도 모르지. 하지만 그 순간은 그럴만한 여유가 없었어. 그건 네가 그런 상황에 맞닥뜨렸어도 마찬가지였을 거야. 그렇게 두려움 반 떨림 반으로 '어어…' 하고 있는 동안 인어는 바닷물 속으로 사라져버렸지.〉

거듭 말하거니와 창수의 인어 목격담은 구체적이었다. 무엇보다 장소와 시각, 그리고 정황 묘사가 그랬다. 한편 나는 이렇게 생각해 보았다. 어쩌면 그 이야기를 믿지 못하는 건 내 생각의 한계 탓인지 모른다고.

이후 나는 직장 동료들과 함께한 술자리에서 안줏거리 삼아 '창수의 인어 목격담'을 슬며시 꺼내 좌중을 긴장시켰다. 그 이야기를 들은 사람들 반응은 각양각색이었는데, 정도의 차이는 있어도 크게 두 가지 견해로 나뉘었다. 헛것을 봤거나 환영이라는 견해와, 실제로 인어가 살고 있을지 모른다는 게 그것이었다. 인어가 실재할지 모른다고 말한 몇 안 되는 사람 중에는 독특한 견해를 피력하는 사람도 있었다.

"몇 년 전에 신문에 난 인면어에 대한 기사가 생각납니다. 말 그대로 대가리가 사람을 닮았다는 물고기죠. 충청도 바닷가에서 어떤 어부의 그물에 걸렸다는데, 그 어부는 단돈 이십만 원에 인면어를 횟집 주인에게 팔았고, 횟집 주인은 수족관에 그놈을 넣어 키웠다고 합니다. 발 없는 말이 천리를 간다는 말처럼 소문이 퍼져 그 희귀한 물고기를 보기 위해 전국 각지에서 사람들이 몰려왔을 뿐만 아니라 심지어 외국인들도 그 괴상한 물고기를 보기 위해 비행기를 타고 온다는 겁니다. 이건 순전히 내 생각입니다만, 인어는 단순히 동화 속의 물고기가 아니라 전설의 물고기고, 전설이란 과거에 실제 이야기가 오랜 세월 동안 사람의 입에서 입으로 전해오는 이야기 아닙니까. 그런 고로 인어는 상상의 물고기가 아니라 과거에 실재했던 물고기일 가능성이 크고, 만약 멸종되지 않았다면 사람들 눈에 띨 수도 있는 일이라고 봅니다."

위와 같은 말을 한 그 소수파는, 인어는 동화에나 나오는 상상의 물고기라는 다수파의 세에 밀려 더 이상 자신의 견해를 피력하지 못했지만, 어쨌거나 내게는 무척 고무적인 말이었다.

그런데, 시간이 흐르면서 '창수의 인어'는 나를 사로잡았다. 나는 그 이유를 곰곰이 생각해보았는데, 어쩌면 인어를 목격한 주인공을 나로 착각한 듯했고, 어느덧 창수의 삶에 깊숙이 개입해 있는 자신을 발견했다.

고백하건대 나는, 나 이외의 삶에 별반 관심을 기울이지 않는 부류의 인간이다. 때로 타인의 삶에 관심을 기울이기도 하지만 그건 어디까지나 그런 척했을 뿐이다. 그러한 삶의 태도가 바르고 바르지 않고를 떠나서, 또 의식적이건 무의식적이고를 떠나서 어쨌거나 나는 타인의 삶에 관심을 갖는다는 게 그다지 길지 않은 인생을 사는 데 있어 비효율적이라고 생각했다.

돌이켜보면, 다른 사람이라면 몰라도 나는 마땅히 창수의 삶에 관심을 가졌어야 했다. 어려움에 빠졌을 때 위로의 말 한마디쯤 했어야 하고, 직장에서 목이 잘렸을 때 머리를 맞대고 생계대책을 의논했어야 했다. 그리고 이혼했을 때는 그와 한목소리로 마누라를 성토했어야 했다. 나는 그의 삶이 급류에 휘말렸을 때 처음부터 끝까지 방관자였다. 그러다 문득 이런 생각이 들었다. 그가 위기에 몰린 것과 인어를 보았다는 것 사이에 어떤 연관성이 있는 건 아닐까 하고.

그들 부부의 이혼 사유는 성격 차이라고 알려졌지만 내가 보기에 그의 경제 파탄이 그 사유라고 본다. 성격 차이라는 건 주로 여자 쪽에서 하는 말로 남자의 경제적 무능력에 대한 그럴듯한 핑계로 보면 그렇다는 말이다.

창수는 한때 잘나가는 '증권맨'이었다. 당시 우리는 모두 그를 부러워했다. 그도 그럴 것이 그는 보통 봉급쟁이 연봉의 배를 받았으니까. 그러던 그가 권고사직을 당해 졸지에 실업자가 되리라고는 그 누구도 예상하지 못했다. 연일 상한가를 치던 주가처럼 고공 행진을 하던 창수가 나락으로 떨어진 것은 그의 잘못이 아니라 잔뜩 낀 거품이 갑자기 꺼지기 시작한 이 나라 경제와 무관하지 않다.

잘 나가던 '증권 맨'이던 창수가 실직 후 처음 시작한 사업은 요식업이었다. 사업에 수완이 있어서인지, 운이 좋았던 건지 창수는 단기간에 큰돈을 벌었고, 사업가답게 요식업보다 더 큰 수익 업종을 찾아 발 빠르게 움직였다. 그러기를 몇 차례, 나중에는 건축업에까지 손댔는데, 그 투자액이 어지간한 주식회사 규모여서 친구들을 놀라게 했다. 욕심이 크면 화를 부른다고 했던가, 자금난에 몰린 창수의 건축업은 결국 풍비박산 났다. 당시 들리던 말에 의하면 채권자들이 동원한 조직폭력배의 협박에 시달리다가 투자금은 물론 살던 집에 세간까지 몽땅 털렸다고 하니 그 실상을 짐작하고도 남음이 있다.

이후 그는 '황금잉어빵' 장사를 시작했다. 말이 그렇지, 그건 결코 쉬운 재기가 아니었다. 모든 체면 다 버리고 사람들이 붐비는 백화점 앞에서 그 장사를 시작했다는 용기에 그를 아는 모든 사람들은 후한 점수를 주었고, 그 모습에 감동하여 심지어 사업 자금을 빌려주겠다는 사람까지 나섰다. 공치사 같아서 좀 걸리지만, 그때 그가 재기할 수 있었던 건 나를 포함한 동창들이 갹출하여 건넨 돈으로 마련한 '빵 구이 틀' 덕분일 터이다. 남들이 우습게 알아서 그렇지 붕어빵 장사야말로 장사 중에 가장 잇속 있는 장사라고 나는 생각한다. 세금 안 내지, 가겟세 안 내지, 거기다 매출액의 칠십 퍼센트가 순이익 아닌가. 말이야 바른 말이지 이보다 더 좋은 이문을 남길 수 있는 장사가 또 어디에 있겠는가. 물론 간접 경험이긴 하지만 말이다.

당시 유행하던 '황금잉어빵' 장사로 목돈을 만진 창수가 뒤이어 손댄 사업은 주식 투자였다. 주식 투자가 사업인지 투자인지 혹은 투기인지 아직도 잘 판단이 안 되지만, 과거 창수의 직업이 '증권맨'인 것을 감안하면, 그쪽 판에서 큰돈 벌겠다는 것으로 생각이 기울었다는 건 어찌 보면 당연하다. 나는 그 후 더 이상 창수의 소식을 들을 수 없었는데, 왜냐하면 지방으로 좌천된 탓이었다. 굳이 알고 싶었다면 가까운 동창생에게 전화를 걸어 그의 소식을 들었을 테지만 당시 내 코가 석 자였던 탓에 그럴만한 마음의 여유가 없었다.

한갓진 소도시 공장에서 삼 년을 버틴 덕에 나는 과장으로 진급했고, 서울 본사로 돌아왔다. 본사 근무가 고향에 돌아온 것처럼 익숙해질 무렵 친구들을 찾았다. 그날 친구들과 술자리에서 나는 다시 창수에 관한 이야기를 들을 수 있었다.

'증권맨'답게 창수의 주식 투자는 일 년여 동안 수익률이 이십 퍼센트를 육박했다. 그 사실을 안 주변 사람들이 그에게 여유 자금을 굴려달라면서 돈 보따리를 싸들고 왔다. 창수는 처음에 지인들의 그런 청을 일언지하에 거절했다고 한다. 그러나 사람들 부탁이 집요했고 시장 또한 좋다고 판단이 섰기에 그는 선별해서 자본금을 모았다. 그는 마침내 사모펀드 회사를 차렸다. 그러나 시장은 그의 예측과 반대로 흘러갔다. 그는 서둘러 주식을 되판 뒤 자신에게 맡긴 원금을 투자자에게 돌려주었다. 계약대로라면 손실액을 제한 원금을 돌려주면 되었지만 그는 그러지 않았다. 왜냐하면 비록 주식에 평가손실이 발생했으나 자신에게 돈을 맡긴 사람 모두 지인들이며, 법적 책임은 없다고는 하나 원금을 까먹은 고객들의 비난을 감수할 자신이 없었다.

투자자들의 원금 반환을 돌려막고 손실액을 만회하기 위해 그는 무리수를 두었다. 이른바 '옵션'이라는 투기에 남은 자산을 다 걸었다. 그건 해서는 안 될 무모하고도 위험한 도박이었다. 성공하면 투자금의 열배가 계좌에 입금되겠지만 그 반대면 깡통이었다. 운명의 신은, 그러나 창수에게 쪽박을 안겨다 주었다.

그로부터 수년 뒤 나는 창수를 만났다. 소문대로 그는 초췌한 몰골을 하고 연신 소주를 들이켰다. 동정과 연민, 위로의 말이 소용없었다.

"내가 불쌍한 놈으로 보이면 소주 한 잔 사면 돼."

그 모습은 내가 잘 아는 창수가 아니었다. 미루어 짐작건대 재기를 노리는 듯했지만 그 가능성은 그리 크지 않아 보였다.

그로부터 몇 달 뒤 그를 다시 만났는데 더부룩이 웃자란 수

염이 영판 노숙자였다. 물어보니 두 딸은 아내가 데려갔고, 자신은 쪽방촌에서 기거한다고 했다.

나는 그런 창수의 처지가 안타까워 전에 없이 그를 자주 찾았다. 그리고는 소주에 얼큰히 취하여, 사람은 위보다 아래를 바라보며 살아야 하며, 이 세상에는 차마 눈 뜨고 못 볼 딱한 처지에 놓인 사람이 헤아릴 수 없이 많다는 말로 창수를 위로했다. 또 아직 완전히 건강을 잃은 건 아니므로 마음만 굳게 먹으면 언제든지 다시 일어날 수 있다고 했다. 그래서, 그깟 돈 몇 푼 때문에 신의를 저버리고 배신을 일삼는 인간들을 손봐야 하지 않겠느냐면서 창수의 적개심을 부추겼다. 그런 까닭은 어디선가에서 슬픔도 힘이 된다는 글이 생각났기 때문이었다. 그러면서 한편으로, 행여 창수의 입에서 돈 좀 빌려달라는 소리가 나오지 않도록 경계심을 늦추지 않았다.

언젠가 그가 사는 쪽방촌의 곰팡이 냄새가 코를 찌르는 방에서 나는 낚시 가방을 보았다. 낚시를 별로 좋아하지 않는 나로서는 그 물건이 생소하게 보였다. 방바닥에는 소주병이 나뒹굴었고 재떨이에 담배꽁초가 수북이 쌓여 있었다. 나는 낚시가 사람의 마음을 다스리는 데 도움이 될 수 있을 거라고 생각했다. 그때 창수는 느닷없이 인어 이야기를 꺼냈다. 황당하기 그지없었지만 나는 그의 이야기를 끝까지 경청했다.

창수에게 연락하기 위해서는 쪽방촌을 직접 찾아가는 것 외에 달리 방법이 없었다. 그는 휴대폰도 유선전화도 없었다. 나는 가끔 그를 찾아갔지만 허탕 쳤고 쪽방촌 이웃들은 그의 행방을 알지 못했다.

― 그 인어를 다시 만나고 싶어.

언젠가 그는 내게 말했다. 창수는 다시 그 인어를 만났을까. 그건 알 수 없는 일이다. 이 이야기를 하고 있는 지금, 그를 못 본 지 두 달이 넘었으니 말이다. 그동안 그의 신상에 무슨 일이 일어났는지 통 알 수가 없다.

그런데 이상한 일이었다. 시간이 갈수록 '창수의 인어'가 남일 같지 않았으니 말이다. 창수를 감염시킨 전염병이 내게 옮은 것일까. '창수의 인어'에 대한 관심은 이제 관심 차원을 넘어 내 삶의 일부분이 되었다.

내 삶은 평범했다. 나는 소소한 일상을 중시하는 삶을 살았다. 거대하거나 일탈적인 것은 가치에 편입시키지 않았다. 단순한 것이야말로 진리에 가깝고 그런 삶에 행복이 있다고 믿었다. 또 나는 소시민이 아닌 사람을 배척했다. 약육강식의 자본주의 섭리를 의심하지 않았다. 눈에 보이지 않는 세계를 믿지 않았고, 보이고 만져지지 않는 것들을 믿으라고 하는 자들을 사기꾼으로 치부했다. 사랑과 희생 따위의 거창한 말은 이득의 이면일 뿐이라고 생각했다.

동화 속 인어 이야기를 모르는 사람은 없을 것이다.

《해저 용궁에 인어들이 살고 있었다. 어느 날 인어 공주들이 차례로 용궁을 떠나 세상 구경을 하고 돌아온다. 그런데 유독 막내 인어 공주만이 세상에 미련을 버리지 못하는데, 그건 세상에 나와 처음 본 왕자를 흠모하였기 때문이다. 인어 공주는 왕자를 사랑한 나머지 마녀에게 목소리를 주고 사람의 다리를 얻는다. 풍랑에 표류하는 왕자의 목숨을 구해준 것은 인어 자신이지만 목소리를 잃어버린 탓에 그 말을 할 수 없다. 왕자는 이웃 나라 공주가 자신을 구해준 사람으로 착각하고 마침내 그녀와 결혼한다. 결국 인어는 자살하여 물거품이 되고 만다.》

이것은 상상력이 뛰어난 작가가 빚어낸 동화일 뿐이다. 반면에 '창수의 인어', 그 이야기는 실제이며, 따라서 반인 반어가 실제로 존재한다는 것이다.

"내가 뭐하러 너한테 거짓말 치겠냐. 생각해 봐, 그 작자의 동화가 순전히 상상력으로만 쓴 걸까? 틀림없이 그 지방에서 구전으로 전해오던 이야기에 약간의 상상력을 더했을 거야."

언젠가 그는 확신에 찬 목소리로 그렇게 말했다. 나는 창수를 만나 몇 가지 확인할 게 있었지만 그럴 수 없었다. 낚시 가방을 메고 집을 나간 창수는 벌써 몇 달째 감감무소식이었다.

이 도시에서 사라지기 전까지 그의 존재에 대한 내 감정은 친구 그 이상도 이하도 아니었다. 그동안 핸드폰도 전화도 없는 그를 찾아가서 함께 소주잔을 기울인 것은, 몰락한 인생을 두 눈으로 직접 확인한 뒤 반면교사 삼기 위해서였다.

나는 창수를 만나야 했으므로 그를 기필코 찾아내야 했다. 그를 만나면 나 또한 인어를 볼 수 있을지 모른다는 생각이 언제부턴가 뇌리에 자리 잡았다. 그러니까 그를 찾고 싶은 건 인어를 만나고 싶다는 것의 또 다른 표현이었다.

창수가 인어를 만났다는 강화도는 서울에서 지척이다. 토요일 퇴근 후 곧바로 출발하여 일요일 밤에 돌아오면 최소한 일박이일의 시간을 얻을 수 있다. 그런데 그게 마음먹은 대로 되지 않았다. 주말만 되면 처갓집 일이다, 친인척 결혼식이다, 누구 생일이다, 누구 집들이다, 누구 아버지 초상이다, 어느 집 아이 돌이다 해서 도무지 틈을 주지 않았다.

그러는 동안 나는 창수를 대신하여 만나는 사람들에게 인어 이야기를 했다. 사람들은 내 말에 귀를 기울였고, 진지한 태도에 고무되어 나는 실제로 겪은 일인 양 더욱 자세하게 인어 공주를 묘사했다.

그러던 어느 날 인어를 목격했다는 사람이 나타났다. 초등학교 4학년 남자 아이로, 대학생인 내 동생에게 과외 공부하는 아이였다.

자초지종을 말하자면 이러하다. 내게 인어 목격담을 들은 동생이 그 아이에게 인어 이야기를 한 모양인데, 놀랍게도 그 아이는 '그거, 나도 봤어요!' 하고 말했다고 한다. 나는 동생의 말이 믿기지 않아 그 아이를 한 번 만나게 해달라고 부탁했다.

"내가 가르치는 아이니까 어려운 부탁은 아니지만, 아이 말을 어떻게 믿어요?"

"그건 네가 몰라서 하는 말이야. 어른보다 아이의 말이 신뢰도가 더 높다는 걸 몰라서 그래. 아무튼 그건 내가 판단할 문제니까 넌 나와 그 아이를 대면하게만 해주면 돼."

이튿날 나는 동생의 주선으로 그 아이를 시내 중심가에 있는 피자집에서 만났다. 초등학교에 다니는 평범한 어린이였다.

"너 정말 인어를 봤나?"

아이는 대답 대신 고개를 끄덕였다. 피자를 한입 가득 베어 물어 대답을 할 수 없었다.

"어디서?"

"강화도 바닷가에서요."

순간 나는 가볍게 흥분했으나 애써 침착한 어조로 다시 물었다.

"강화도 바닷가 어디?"

"동막요. 맞아요, 일기에 그걸 썼걸랑요."

"그게 언제지?"

"작년 여름 방학 때요."

"확실하냐? 나한테 거짓말치는 거 아니지?"

내 말이 다그침으로 들렸는지 아이는 눈을 둥그렇게 뜬 채 나를 멀뚱히 쳐다보았다.

"진짜예요, 진짜라니까요."

"인어를 봤다니까 어른들이 뭐래?"

"꿀밤만 먹었어요. 그래서 더 이상 얘기하지 않기로 했어요."

"그래, 인어가 어떻게 생겼던?"

"여자 같았는데요, 머리카락이 굉장히 길었고, 빨간색 같았어요. 아주 빨간색이 아닌 분홍에 가까운 그런 색 있잖아요."

"밤에 봤다면서 머리카락 색깔을 어떻게 알지?"

"누가 밤에 봤다고 그랬어요. 전 낮에 봤어요."

아이는 항의 조로 말했다.

"얼굴 생김새는?"

"사람하고 똑같았고요, 피부색이 굉장히 희었어요."

"분명 상체는 사람이고 하체는 물고기였단 말이지?"

"맞다니깐요. 아저씬 인어도 몰라요?"

"너만 봤니? 아니면 다른 사람도 봤니?"

"다른 사람도 있었어요."

"몇 사람이나?"

"약 네 사람 정도요."

"아는 사람들이었니?"

"아뇨. 모르는 사람들이었어요."

"네 아버지 어머니는 그때 어디 계셨지?"

"민박집에요."

"인어가 어떻게 생겼는지 다시 한번 말해 줄 수 있겠니?"

"첨엔 돌고랜 줄 알았어요."

"혹시 돌고래를 잘못 본 거 아니냐?"

"내가 뭐 바본 줄 알아요. 인어하고 돌고래를 구별하지 못하게요. 다 물어봤어요? 피아노 학원에 갈 시간이거든요."

더 이상 그 소년을 붙들어 둘 순 없었다. 피자를 몇 조각 남겨둔 채 우리는 자리에서 일어났다.

소년을 만난 뒤 내 마음은 정리는커녕 혼란만 더했다. 진짜 인어는 존재하는 것일까? 행여 인어가 있기를 바라는 마음이 그 소년의 말을 사실이라고 믿게 한 건 아닐까? 대관절 인어의 존재 유무가 무엇이기에 내 마음이 이토록 신산하고 혼란스럽단 말인가. 생각의 꼬리를 물고 문 종당에 나는 이런 결론을 내렸다. 인어와 나는 아무런 관계가 없거나, 관계가 밀접하다. 그렇게 결론을 내놓고 보니 나 자신이 한편 어처구니없었다. 고작 그런 답을 얻기 위해 밤잠을 설쳤다니….

최근 들어 내 행동거지가 이상했던지 어느 날 아내가 심각한 표정으로 뜬금없이 이렇게 물었다.

"당신 요새 나 몰래 연애 해?"

나는 외출하기 위해 바지를 입다 말고 아내를 쳐다보며 가볍게 웃었다.

"맞아. 연애를 하고 있어."

아내는 그 말을 진실로 받아들였는지 금새 얼굴에 핏기가 가셨다.

"누구랑 연애하는지 안 물어봐?"

그래도 아내는 경직된 표정을 풀지 않았다.

"요새 내가 연애를 하고 있긴 한데 말이지, 연애 상대가 누구냐 하면 인어야, 인어."

"나 지금 농담할 기분 아니란 거 잘 알지."

화가 난 게 분명했다. 나는 '창수의 인어'와 그것에서 파생된 '나의 인어'를 아내에게 설명했지만, 아내는 그것을 이해하지 못했다. 나는 그만 지쳐버렸고, 그 주말 내내 기분은 좋지 않았다.

아내에게 인어를 설명하기 위해서는 결코 짧지 않은 시간이 필요했지만, 나는 마치 그럴 의무가 있는 듯이 '창수의 인어'와 '나의 인어'를 차근차근 이해시킨 뒤 말미에, 창수가 봤다는 그 인어에 내가 왜 이토록 집착하는지 나 자신도 잘 모른다고 말했다. 예상대로 아내의 반응은 냉담했다.

"당신, 제정신이 아냐."

더 이상 할 말을 잃었다. 그 말 한마디에 아내의 내심이 모두 담겨 있었다. 이 세상에서 가장 가까운 사이라고 할 수 있는 아내가 이것을 이해하지 못하는데 세상 어느 누가 그것을 이해할 것인가.

창수가 그랬던 것처럼 나 또한 점점 세상과 나 사이를 가로막고 있는 벽을 느꼈다. 그 벽은 시간이 흐를수록 두꺼워지고 견고해졌으며 거대해졌다.

그러던 어느 날 나는 아무것도 아닌 일로 회사 동료와 다퉜다. 싸움의 원인은 비아냥대는 동료의 말투를 내가 참지 못한 탓이었다.

"흐흐흐…인어도 계집처럼 그게 달려 있겠지? 자네, 혹시 그 인어를 보거들랑 수작을 한번 부려보게. 혹시 아냐? 흔쾌히 대 줄지."

그 말을 들은 나는 흥분하여 급기야 동료의 멱살을 잡아버렸다. 동료는 창수의 인어 목격담을 사실인 듯 전달하는 나를 도저히 이해하지 못하겠다고 말했다. 동료의 멱살을 잡은 그 사건은 일파만파 퍼져나가 모두 내 앞에서 입조심했고, 나는 점차 사회로부터 고립되어가는 자신을 느꼈다.

내가 사람들에게 그런 대접을 받았듯 창수 또한 그랬을 터였다. 세상 사람들은 자신과 관심사가 다른 사람을 습관처럼 배척한다. 멀리서 찾을 것 없이 나 또한 처음에는 그런 부류의 사람이었으나 이젠 창수를 이해할 수 있다.

여기까지 생각이 미치자 창수가 더욱 보고싶었다. 그러나 그는 이 도시에서 사라진 지 이미 오래다. 창수는 어디에 있는가? 인어를 만나기 위해 바닷가로 떠났나? 기다리던 인어를 만나 사랑에 빠지기라도 했나? 나는 그런 생각을 하며 술에 취한 채 빌딩의 숲을 헤맸다. 휘황찬란한 네온사인 간판들 사이로 별빛이 가늘게 떨렸다. 가로등과 간판 불빛이 얼굴에 어린 사람들이 어깨를 스치며 지나갔다. 나는 상가 가로수 벤치에 앉아 지나가는 사람들을 유심히 보았다. 수많은 얼굴들이 스쳐 지나갔다. 그러나 창수는 어디에도 없었다.

이튿날, 나는 낚시 가방을 챙겨서 창수가 인어를 목격했다는 강화도 동막 해안으로 차를 몰았다. 낚시 가방을 챙겨서 집을 떠난 것은 바다로 가는 명분이 필요했기 때문이었다. 주말이었고, 강화도는 서울에서 멀지 않은 섬이므로 당일치기로 부담 없이 갔다 올 수 있을 터였다. 차가 강화대교를 달릴 때 핸드폰이 꺼지는 일이 없게 하라는 아내의 당부를 무시하고 핸드폰 배터리 전원을 껐다. 짐작대로라면, 창수는 그 해안 갯바위에서 인어를 하염없이 기다리고 있을 것이다. 아니, 어쩌면 벌써 인어를 만났을지도 모를 일이다. 운전대를 잡은 채 물거품이 되어 사라진 동화 속 주인공 인어공주를 떠올렸다.

주말 도로 사정은 강화도라 해서 예외가 아니었다. 행락객들로 인해 차는 가다 서기를 반복했다. 나는 앞차가 멈춘 틈을 이용해 지도를 펼쳤다. 지도에 동막 바닷가는 강화도 서쪽 끄트머리였고, 해수욕장 표기가 되어 있었다. 차는 신작로를 벗어나 비포장도로로 접어들었다.

차창 밖으로 어둠에 침범당한 바다가 보였다. 실상 그것은 바다가 아니라 광활한 갯벌이었다. 도로 사정이 안 좋았던 탓에 도착 예상 시각보다 훨씬 늦었다.

나는 차에서 내려 바다 쪽으로 걸었다. 입자 고운 모래가 밟혔고, 발걸음이 앞으로 잘 나아가지 않았다. 나는 사방을 둘러보았다. 좌측 먼 데 바다와 면한 절벽이 보였고, 그 반대편 길게 뻗은 갯벌자락 끄트머리는 곳이었다. 나는 바닷가를 향해 계속 걸었다. 얼마 후 딱딱한 갯벌이 밟혔다. 저 앞에서 들고 나는 바닷물 소리가 들렸고, 먼바다에서 조업하는 선단 불빛이 별빛처럼 떴다. 나는 바닷물이 신발에 닿는 지점까지 걸었다. 갯내가 폐 깊숙이 느껴지도록 크게 들숨을 쉬었다.

캄캄해졌을 때 갯벌에서 나와 민박집을 잡아들었다. 숙박비를 지불하자 집주인은 묻지도 않았는데, 대문 밖으로 나를 데리고 나가더니 손짓으로 한 방향을 가리키며 어둠 속에 희미하게 보이는 갯바위가 포인트라고 했다. 그는 덧붙여 요새는 숭어 철인데 미끼는 갯지렁이를 써야한다고 귀띔했다.

"아저씨 혹시 말이죠, 키는 일 미터 칠십 센티쯤 되고, 사십 대 초반쯤 나이가 먹어 뵈는 남자 못 봤습니까?"

"글씨우, 하루에 대여섯 명씩 낚시꾼들이 댕겨가긴 하지만 서두 그 사람이 그 사람 같아 봐서…."

서울에서 김씨 찾기나 진배없다는 뜻이었다.

주인이 돌아간 뒤 나는 방 안으로 들어가 바람벽에 기댄 채 한동안 넋 잃고 앉았다가 밖으로 나왔다. 대문 밖에서 잠시 걸음을 멈춘 뒤 어둠으로 덮인 바다로 눈길을 주었다. 가느다란 파도 소리가 들려왔다. 나는 그 소리가 나는 쪽으로 발걸음을 떼놓으며 창수의 인어 이야기를 토씨 하나 빠뜨리지 않고 기억했다.

《갯바위에 인어가 걸터앉아 울고 있었지. 내가 우는 소리였다고 했는데, 그건 어쩌면 우는 소리가 아니라 나를 부르는 소리였는지도 몰라. 어째서 그러냐 하면 우리 인간들은 동물의 소리를 어떤 것이든 막론하고 한가지로 운다고 표현하거든. 또 나는 그때까지 단 한 번도 인어를 보았거나 그 목소리를 들어보지 못했거든. 그러니까 그 소리가 어떤 소리였는지 모를 수밖에. 좀 전에 내가 인간들은 동물의 소리를 어떤 것이든 막론하고 운다고 표현한다고 했는데, 그렇다고 해서 인어가 동물이라는 뜻은 아냐. 나는 지금도 잘 모르겠어. 인어가 동물인지 사람인지 말야. 그 판단은 차후에 하기로 하고, 내가 말하고 싶은 건, 네가 믿거나 말거나지만, 난 그때 인어의 모습을 똑똑히 봤다 이거야. 분명히 말하지만 상체는 분명히 머리카락이 좀 긴 편인 여자의 그것이었어. 볼록한 가슴도 있었지. 그런데 하체는 큰 물고기였단 말이야. 인어를 본 나는 처음에 두려움에 사로잡혀 주위를 두리번거렸어. 얼마간의 시간이 흐르자 나는 대담해져 인어를 좀 더 자세히 보기 위해 몇 걸음 앞으로 옮겼지. 인어의 눈동자와 마주친 순간, 머리끝부터 발끝까지 전율했지. 인어는 계속 무슨 소리를 냈는데, 당시에는 그 소리가 울음소리로 들렸지만, 좀 전에 말했듯이 어쩌면 그 소리는 울음소리가 아니라 나를 부르는 소리였는지 몰라. 그게 나를 부르는 소리라고 생각한 건 물론 그로부터 한참 지난 후야. 만약 그때 그 소리가 나를 부르는 소리였다고 판단했더라면, 두려움을 떨쳐내고 인어 곁으로 다가설지 모르지. 하지만 그 순간은 그럴만한 마음의 여유가 전혀 없었어. 그건 네가 그런 상황에 맞닥뜨렸어도 마찬가지였을 거야. 그렇게 두려움 반 떨림 반으로 어떤 결정도 못 내리고 있는 동안에 인어는 소리를 멈추고 바닷물 속으로 사라지고 말았지.》

나는 걸음을 멈추고 갯바위에 걸터앉았다. 어둠의 막이 드리운 바다에서 바람이 불어왔다. 창수가 인어를 봤다는 데가 여기가 아닐까 하고 생각하며 사방을 둘러보았다. 수면 위로 돌출한 갯바위 하나가 희미하게 보였다. 창수의 이야기에 의하면 그 바위에 인어가 걸터앉아 울고 있었다고 했다. 창수는 새벽녘에 인어를 보았고, 지금은 저녁이었다. 창수가 인어를 만난 새벽을 맞이하려면 좀 더 인내해야 한다.

단식 시민

2114년, 월드스퀘어 광장에서 대대적인 시위가 있었다. 그 시위가 어느 민족이 벌인 것인지는 별 의미 없다. 우주 시대를 맞이하여 세계가 지구 연합국으로 통합된 마당에 그건 자칫하면 민족 감정을 자극하여 분쟁이 일어날 우려가 있기 때문이다. 인종이나 민족, 국가의 개념은 이미 역사의 뒤안길로 사라지긴 했지만 바이러스처럼 완전히 소멸된 건 아니다. 하여간 월드스퀘어는 지구인의 광장이다. 지구인은 바야흐로 우주인과 영토 경쟁을 벌여야 하며 그들의 야욕으로부터 지구를 보호해야 한다.

　월드스퀘어 광장에서 일어난 대대적인 시위의 내용은 "인간의 미각을 보장하라!"였다. 지구 정부는 처음에 그들의 요구에 콧방귀도 뀌지 않았다. 처음에는 시위대의 숫자도 얼마 되지 않았고 그 요구 또한 시답잖은 것이기 때문이었다. 그러던 것이 그 숫자가 점점 늘어나고 사회 지도층 인사들이 시위대의 요구가 타당한 면이 있다고 견해를 피력하면서 사태는 걷잡을 수 없이 커졌다. 지구 정부에 터무니없는 요구를 하는 시위대를 비판해야 할 사회 지도층 일부가 시위대 편을 들자 그들은 그 기회를 놓치지 않고 세를 불렸다.

인간의 미각을 보장하라는 요구는 음식 맛을 보장하라는 뜻이었다. 과거에 인류는 쇠고기나 돼지고기, 닭고기, 타조고기, 악어고기, 심지어 제비집을 요리해서 먹었다. 그러나 2114년인 지금 모든 음식은 각설탕처럼 압축되었고 환약을 먹듯 물과 함께 삼킨다. 그것 하나만 삼키면 하루 종일 배고프지 않을 뿐만 아니라 충분한 열량을 내어 육체를 움직이고 두뇌를 사용하는 데 아무런 지장이 없다. 물론 좀 더 강한 노동을 하는 사람들은 하루에 두 알 이상 먹기도 한다. 그러니까 미각을 보장하라는 말은 각종 식 재료를 파는 상점과 식당 영업을 허용하라는 말이 된다. 지식인들은 1차 음식의 폐해를 잘 아는 지구 정부가 시위대의 요구를 들어주지 않을 거라고 보지만, 시위가 들불처럼 번지면 정부도 어쩔 수 없이 항복할 수밖에 없을 거라고 보았다. 1차 음식의 폐해란 예컨대 쇠고기를 만들기 위해 초지를 조성해야 하고 소의 방귀가 대기 중에 자동차가 배출하는 일산화탄소보다 더 심각하게 지구온난화를 일으키는 매탄가스농도를 증가시킨다는 것 등이다.

논객들은 시위대의 연령층을 잘 살펴보아야 한다고 주장했다. 바로 거기에 이 시위의 특징이 있다고 했다. 그리고 그 사람들의 계층을 잘 살펴보면 시위의 원인과 해결책을 찾아낼 수 있다고 주장했다. 그들의 말대로 시위대의 연령층은 대부분 중장년층이었고 중산층 이상이었다. 보통 이 부류들은 보수적 성향을 띠고 각종 시위에 비판적 입장을 취하는 친정부적 성향을 띠는 사람들이었다. 유일하게 종이신문을 발행하는 일간지 한 칼럼리스트는 그 점이 특히 심각하다고 말했다. 그는 시위가 여기서 더 크게 확대되면 정부가 전복될 수 있다고 강하게 경고했다. 만약 정부가 시위대에 굴복하여 그들의 요구대로 된다면 인류 역사를 거꾸로 되돌리는 결과를 가져올 거라고 말했다. 일부 사회지도층 인사는 시위에 가담한 자들을 대상으로 유전자 치료를 해야 한다고 주장했다. 시위자들은 대부분 1차적 음식에 대한 갈망은 섭생 관련 유전자가 아직 덜 진화된 탓이다. 그들은 음식 혁명의 1.5세대이거나 2세대이고, 맛을 보는 혀의 기능 또한 퇴화가 덜 되었다. 따라서 음식 맛을 좇는 행위는 의식적이라기보다 본능에 가깝다. 그런 까닭으로 이번 시위 때 체포된 사람들을 일괄적으로 처벌해서는 안 되며, 일벌백계로 엄벌할 대상은 미디어에 광고를 해 음식 맛에 대한 본능을 자극하게 만든 업자들이고, 돼지고기와 쇠고기 등 각종 음식 재료를 요리해서 판매한 업소 사장

들을 중벌로 다스려야 한다.

"그런데 말이죠, 그자들이 자발적으로 유전자 치료를 받으려 할까요?"

"광장을 비추는 특수 카메라를 뒀다 뭐합니까. 아무리 사람들이 밀집되어 있어도 이 카메라는 개개인을 인식합니다. 얼굴인식 시스템은 귀의 모양까지 캡처합니다. 얼굴이 지문을 대체한 지 벌써 수십 년이 지났습니다. 그 사람들에게 광장의 불법 점거에 대한 과태료를 부과하고 그걸 면제하는 조건으로 병원에 가게 하는 겁니다."

"병원에 가지 않고 차라리 과태료를 물고 말겠다는 사람들이 생길 텐데요."

"물론 그런 사람들이 있을 수 있습니다. 그들은 그냥 내버려두면 됩니다. 사회도태설이 설이 아니라 사실로 입증된 게 십수 년이 지나지 않았습니까."

"자연스럽게 다수 쪽으로 도태된다는 말씀이군요."

"그렇습니다."

"인권 침해 우려도 있는 것 같은데요."

"기회 있을 때마다 강연이건 세미나이건, 또 지금처럼 방송에 출연한 때이건 입이 마르고 닳도록 말하는 건데요, 인류는 음식 혁명을 위해 많은 대가를 치렀어요. 수천 명이 죽고 수만 명이 피를 흘렸습니다. 성스러운 혁명이었습니다. 혁명 전에는 지구의 한쪽에서는 하루에 수천 명이 굶어 죽었고, 그 반대편이 유발한 비만으로 각종 성인병으로 또 목숨을 잃었습니다. 음식 혁명으로 지구는 마침내 평등해졌고, 분쟁과 전쟁도 사라졌습니다. 지구는 마침내 하나로 통합되었습니다. 1차적 음식을 먹어도 괜찮다는 발상은 이 성스러운 혁명을 혁명 전으로 되돌리려는 시도와 다를 바 없습니다. 저는 지금 있는 법을 개정하거나 특별법을 제정해서라도 성스러운 음식 혁명을 훼손하는 자들의 처벌 수위를 더욱 높여야 한다고 봅니다. 범죄를 예방하는 차원에서 말이죠."

"그렇군요. 인류의 역사 중 음식 혁명은 성스러운 혁명이었고 이 혁명에 반하는 그 어떠한 시도도 용납해서는 안 된다, 이렇게 정리하면 되겠네요."

음식 맛을 보장하라는 시위는 지구 정부의 진압과 반대 여론에 밀려 세력을 잃었고, 광장은 평화를 되찾았다. 그런데 광장 한가운데 쳐진 천막에 자리를 잡은 한 시민이 굶기 시작했다. 그는 누워도 될 만큼의 면적의 스티로폼 위에 수도승처럼 가부좌를 틀고 앉아 있었다. 텐트 바로 앞에 놓인 테이블 위에는 그의 단식을 기록하는 숫자판이 있었는데, 그것은 운동 경기 때 점수를 기록하는 데 쓰는 스코어보드였다. 하루가 지날 때마다 숫자판의 숫자도 하나씩 올라갔다. 천막을 비롯해서 단식에 필요한 준비물은 모 시민단체가 했다는 말이 돌았다. 처음에 사람들은 광장 한가운데 누가 천막을 쳤나, 하는 정도로 지나쳤다. 그런데 한 시민의 굶는 사연이 입소문을 타면서 사람들이 관심을 갖기 시작했다. 그는 음식 맛을 보장하라는 시위의 최후의 저항자였다. 그러니까 그는 단식으로 저항을 계속하고 있는 셈이었다. 그는 대중들로부터 관심과 주목을 받기 시작했고, 연예인 못지않은 인기를 끌기 시작했다.

투쟁의 수단으로서의 단식은 대중에게 생경한 것이었다. 과거에 몇몇 정치 지도자들이 투쟁의 수단으로 단식을 하기는 했지만, 그건 단식 투쟁이라기보다 대중들에게 보여주기 위한 쇼였다. 또 로봇 소유 가구가 늘어나면서 사람을 대신해 로봇을 시위 현장에 내보내는 경우는 있어도 사람이 직접 굶는다는 건 지구촌 역사에서 매우 드문 일이었다.

알고 보면 단식은 광대의 몫이었다. 지구촌 역사에 굶는 광대가 있었다는 말이다. 굶는 광대 공연은 서커스가 등장하기까지 약 오백 년 동안 인기를 끌었다. 당연히 흥행의 필수조건은 광대가 음식을 먹지 않는 것이다. 만약 주최 측과 짜고 광대가 음식을 조금이라도 먹었다면 그런 공연은 즉시 역사의 뒤안길로 사라지고 말았을 것이다. 더구나 단식 도중 음식을 먹는 행위는 광대의 치욕이었다. 단언하건대 당시의 굶는 광대들은 자신의 명예를 걸고 굶기 공연에 나섰다고 말할 수 있다. 그 사실을 어떻게 알 수 있느냐 하면, 공연 때마다 시민 감시단이 꾸려졌는데, 그것은 광대를 믿지 못하는 시민의 뜻이 아니라 광대 연합이 원해서 만들어진 기구여서 그렇다는 말이다. 아무튼 그때 광대들은 목숨을 걸고 단식에 임했다. 시민들은 하루하루 야위어가는 광대를 바라보며 제각기 단식 일수를 점쳤고 거기에 돈을 걸었다. 단식 일수를 맞히면 수백 배의 배당금을 거머쥐고, 또 설사 단식 일수를 맞히지 못하더라도 그 일수에 근접하면 거기에 상응하는 배당금이 돌아왔다. 그렇다 보니 배당금을 노린 일부 악덕 업자들이 야밤을 틈타 감시인의 시선을 따돌리고 몰래 광대에게 음식을 갖다 주는 경우가 가끔 발생했다. 광대가 비실비실하고 살 거죽이 뼈에 붙어 도저히 정해진 기일까지 버티지 못할 거라는 도박사의 감별이 그런 불상사를 만들었다. 그렇긴 하지만 도박사들의 감별은 그다지 공신력이 없었다. 그도 그럴 것이 뚱뚱한 광대보다 비쩍 마른 광대가 더 잘 굶는다는 사실이 데이터로 입증되었기 때문이었다.

"자, 이걸 먹고 열흘만 더 버티면 배당금의 삼분의 일을 네게 주겠다."

악덕 업자는 먼저 고기 굽는 냄새를 흘려보낸 뒤 알맞게 익은 고기를 디밀고는 하였다.

"이 음식을 당장 치우시오. 나는 당신이 정한 날짜를 넘길 수 있소."

힘이 빠진 광대는 낮은 목소리로 말했다. 그러자 그자는 철창 안으로 들이밀었던 음식을 도로 거두고는 뒷걸음질 치며 사라졌고, 이런 광경이 당시 굶는 광대 공연에서 심심찮게 일어나곤 하였다. 만약 그때 광대들이 철창 너머에서 들어오는 음식을 날름 받아먹었다면 굶는 공연은 흥행을 보증할 수 없게 된다. 자고로 예나 지금이나 공정성과 우연성은 도박의 생명이다. 아무튼 광대는 자신의 명예를 걸고 기록에 도전했고, 기록을 깬 광대는 군중으로부터 영웅 대접을 받았다. 단식 기록 숫자가 마침내 전 기록을 갱신할 때 군중은 환호했다. 뒤이어 시민 대표가 철창 앞으로 다가서 단식을 멈출 것인지, 단식을 계속할 것인지를 물었다. 기록은 이미 갱신되었고, 거기서 하루만 더 단식을 지속하면 타의 추종을 불허하는 기록 보유자가 될 터였다.

어떤 광대는 기록을 갱신한 뒤에도 하루를 넘기고 이틀을 넘기고 사흘을 넘겼다. 하루가 지날 때마다 군중은 열광하며 갈채를 아끼지 않았다. 그 갈채를 받으며 광대는 죽을힘을 다해 단식을 지속했다. 기록을 갱신하고 영웅이 된 참에 타의 추종을 불허하는 기록을 세워둘 필요가 있었던 것이다. 드디어 광대가 손짓으로 단식을 중단하겠다는 의사표시를 한다. 그러면 기다리고 있던 미녀들이 철창 안으로 들어가 광대를 부축하여 아주 천천히 철창을 나와 단상을 내려온다. 뼈와 가죽만 남은 광대의 머리 위로 꽃가루가 뿌려지고 환호가 쏟아진다. 뒤이어 의사가 청진기로 광대의 숨소리를 체크하고 눈동자의 상태를 살펴본다. 이상이 없다고 판단되면 물과 죽 등의 회복식이 들어가고, 다 회복한 뒤에는 진수성찬이 광대에게 제공된다. 물론 이것은 성공했을 때의 일이고, 명예를 높이고 영웅이 되려다가 유명을 달리한 광대들도 많았다.

 굶는 광대 공연이 흥행하던 시절은 암흑의 시대였다. 그 시대에는 원형경기장에서 목숨을 건 검투 시합이나 격투기는 죄악시되었다. 그러나 언제나 그렇듯 군중은 구경거리가 필요했고 그 자리에 굶는 광대가 등장했다. 굶는 사람을 지켜보는 것, 굶는 사람이 음식을 먹는지를 감시하는 것, 얼마나 오래 굶는지를 지켜보는 것. 그러니까 굶는 광대 공연은 시대를 달리한 검투 시합의 변형이라고 볼 수 있다. 그렇다, 그것은 인간의 본성에 내재된 잔인함의 발로였고 오락이 없던 시대에 아주 재미난 구경거리였다.

 그는 사라진 단식 광대가 부활한 것처럼 대중의 시선을 끌기 시작했다. 월드스퀘어 광장 한복판에 친 텐트 안에서 음식 맛을 보장하고 식당 영업을 허용하라는 시위의 마지막 저항자인 그는 나날이 쇠약해져 갔다. 단식 30일을 넘겼을 때 비로소 방송 매체들이 관심을 보였다. 카메라맨들이 그의 텐트 앞으로 와서 피골이 상접해 가는 그의 모습을 찍어갔다. 뒤이어 앞다투어 각종 미디어 매체들이 경쟁하듯 그를 취재해 갔고 어떤 매체는 천막 안으로 마이크를 들이대기도 했다. 그는 명실공히 2114년의 굶는 광대였다.

"한 말씀만 부탁합니다."

"식당 문을 다시 열게 해주시오. 하여 시민들이 음식 맛을 볼 수 있게 해주시오."

비록 기력은 쇠잔했지만 그는 목소리에 힘을 주었다. 광대뼈가 불거지고 웃자란 수염이 그의 비장한 마음을 대변했다.

돌이켜보면 굶는 광대 공연이 끊기고 오랫동안 굶는 사람은 출현하지 않았다. 그러던 게 비교적 근래인 백여 년 전에 굶는 행위는 종종 정치적 투쟁에 이용되기도 했다. 당시 대중들은 정치적 허무주의에 빠져있었고 단식의 진정성을 의심했다. 그래서 그런지 그들의 단식은 20일을 넘기지 못했고, 몰래 음식을 먹다가 들키는 창피를 당하는 일도 있었다. 단식 최장 기록 보유자는 노모라는 정치인이었는데, 그는 정치인이 되기 전에 위장 취업한 공장에서 정리해고 철회촉구하며 30일간 굶었다. 지구촌에서 가장 긴 단식은 인도의 여성 인권 운동가였다. 그녀는 무려 16년 동안 코를 통해 강제 급식을 받으며 단식을 이어갔다. 그녀는 자발적으로 음식과 물을 섭취하지 않았지만, 튜브를 통해 코로 음식을 섭취했으므로 공식 기록에서 제외되었다.

그의 단식이 전직 요식업계 종사자로서 개인적 투쟁의 일환인지 음식 맛을 보장하라는 시위대의 대표성을 띠는 정치적 투쟁인지는 불분명했다. 그는 말이 어눌하여 마치 굶는 광대가 환생한 게 아닌가 하는 의구심마저 들었다. 어떻든 방송사들이 그를 취재한 내용을 종합하면 이러했다. 자신이 죽기를 각오하고 단식을 하는 것은 지구정부의 사과를 받아내기 위해서이다. 정부의 잘못된 행정으로 요식업에서 퇴출된 뒤 실직과 더불어 주위 사람들은 자신을 무시하기 시작했고 생계 또한 막막해졌다. 그는 자신을 해고한 사장을 원망하지 않았다. 사장은 회장의 지시를, 회장은 지자체장의 지시를, 지자체장은 대통령의 지시, 그러니까 음식혁명의 정신에 따라 음식의 맛을 제거한 지구정부시책을 따랐을 뿐이다. 그러므로 자신의 인생을 엉망으로 만든 주범은 바로 지구정부 수반이다.

방송 매체들은 그의 말을 두고 해석이 분분했다. 정신이 나간 사람이라는 것에서부터 지구정부 정책의 부작용을 거론하기도 했다. "반혁명 식당업자의 단식 쇼!" "대통령은 사과를 안 먹어요." "무모한 남자의 계란으로 바위치기"라는 알쏭달쏭한 표현까지 써가며 시청률을 높여나갔다. 단식은 주로 약자가 강자에 대적할 때 사용하는 방법이다. 군중은 약자 편을 들고 강자는 군중을 두려워한다. 그래서 종종 그런 투쟁은 성공을 거두기도 한다.

그의 단식 일수가 거듭됨에 따라 시민의 입담도 쌓여갔다. 단식하는 사람치고 모습이 너무 멀쩡하다는 쪽과 원래 건강했던 사람이기 때문에 충분히 그럴 수 있다는 쪽으로 양분되었다. 그 예날 단식 광대의 공연처럼 하루를 넘길 때마다 천막 앞 테이블 위의 스코어보드도 뒤따라 넘어갔다. 사람들이 모여들었고 감시단도 생겨났다. 감시단은 주로 그가 굶기를 멈춰야 한다고 생각하는 사람들로 구성되었다. 반대로 끝까지 굶어야 한다는 사람들의 연합체도 생겨났다. 그들은 단식 중인 시민을 열렬하게 응원했다. 감시단은 연합체가 음식을 밤에 몰래 음식을 제공하는지를 철저히 감시했다. 그 옛날 굶는 광대를 감시하던 마을 대표와 같은 역할이었다. 그들은 교대 근무를 하듯 순번을 정해 철야로 그를 감시했다. 적들이 야음을 틈타 음식을 몰래 제공해서 단식 기간이 늘어나면 여론은 필경 안 좋은 쪽으로 흘러갈 것이었다. 반면에 단식을 응원하는 연합체는 최대한 단식 기간을 늘려서 대중의 관심을 집중시키고, 그리하여 정부의 항복을 받아내야 했다.

월드스퀘어 광장을 둘러싼 도로에 자동차의 물결이 끊임없이 흘러갔다. 차량의 물결은 밤낮을 가리지 않고 이어졌다. 거기에 광장을 둘러싼 고층빌딩 대형 전광판에는 각종 미디어가 쏟아내는 광고로 어지러웠다. 그의 천막은 바다 한가운데 뜬 무인도 같았다. 그 섬은 파도가 치면 금세라도 물에 잠길 듯이 위태로웠다.

그의 단식이 40일을 넘기고 있었다. 앞으로 어떤 일이 벌어질지 아무도 장담할 수 없었다. 과거의 굶는 광대처럼 명예를 높이고 영웅으로 등극할지, 아니면 의식을 잃고 병원에 실려 가는 일이 벌어질지 알 수 없었다. 한 가지 분명한 것은 단식이 거듭되면서 음식 섭취를 감시하는 쪽과 호시탐탐 음식을 제공하려는 쪽의 신경전이 끊어질 듯 팽팽했다는 거였다. 밤잠을 설친 그들의 눈은 벌겋게 충혈되었지만 잠시도 그의 곁을 떠날 수가 없었다. 감시자들뿐만 아니라 시민의 관심도 커져서 실시간 뉴스에 눈과 귀를 기울였다. 신생 종편 방송사는 월드스퀘어 광장의 천막 주변을 장장 5시간 동안 생중계하기도 했다.

그는 대통령의 진심 어린 사과를 받고 싶었다. 일례로 과자나 우유 따위 식품이 부패하거나 쇳조각 같은 이물질이 들어가 소비자가 피해를 입었을 때 해당 회사 최고 책임자인 회장이 사과하고 재발 방지를 약속하지 않던가. 그런 것처럼 지구 정부 최고 권력자가 잘못된 행정의 피해자인 자신에게 사과를 하는 게 마땅했다. 그리하여 자신이 별 볼 일 없는 사람이 아니라는 사실을 만천하에 드러내고 싶었다. 그러면 자신의 진면목을 몰라본 사실을 후회하며 딸과 함께 집을 나가버린 아내가 다시 돌아올는지 몰랐다.

단식에 돌입하기 전 그의 미래는 막막했다. 빛 한 점 보이지 않는 캄캄한 터널에 갇힌 기분이었다. 새로운 일자리를 찾기 위해 이력서를 작성하고 면접을 보고 떳떳하지 못한 청탁을 하기도 했지만 결국 일자리를 찾지 못했다. 그는 분하고 원통했다. 행정관청의 식당 소멸 정책이 한 사람을 실업자로 만들고 한 가정을 파탄에 이르게 만들었고, 직업의 자유가 보장된 문명국가에서 일어날 수 없는 일이 일어나고 만 것이었다. 원통하고 비통한 그는 지구 정부 신문고에 자신의 억울한 사연을 게시했다. 하루가 지나고 한 달이 지나도 응답이 없었다. 그는 직접 지구정부 민원실로 달려가 대통령과의 면담을 요청했다. 그는 지구 정부 관저에 발을 들여놓지도 못한 채 길거리에 패대기쳐졌다. 군홧발에 짓밟히지 않은 것만도 다행한 일이었다. 오기가 난 그는 매일 관저로 가서 대통령과의 면담을 요구하며 고함을 질렀다. 종당엔 군홧발에 짓밟혔고 인근 경찰서 유치장에 갇혔다가 이틀날 풀려났다. 서장은 즉결재판에 넘기지 않은 걸 다행으로 여기라고 했다. 그는 잠재된 '한번 해보자' 근성을 발휘했다. 그것은 상대방이 항복하든가 내가 죽든가 승부가 날 때까지 싸우는 정신이었다. 그는 어렸을 적에 싸움에서 진 적이 없었다. 그는 관저 앞에서 목에 피켓을 걸고 일인 시위를 벌였다. 피켓에 적힌 내용은 이러했다. "사람 위에 사람 없고 사람 아래 사람 없다. 대통령은 즉각 구중궁궐에서 나와 억울한 시민의 말에 귀를 기울이라!" 그밖에 작은 글씨로 조잡한 문구가 몇 개가 더 있었는데 이 정도로 해두자. 그는 대통령 얼굴은커녕 코빼기도 보지 못했다. 관저를 출입하는 사람들과 그 앞을 지나가는 사람들은 그의 일인 시위를 거들떠보지도 않았다. 혹여 관심을 보이며 피켓의 문구를 읽어본 사람조차 피식 웃으며 그냥 지나갈 뿐이었다. 그때 그는 '끝까지 갈 데까지 가보자'고 결심했다. 그리고 그는 월드스퀘어 광장에서 죽기로 각오하고 굶기 시작했다.

바야흐로 정쟁의 핵심에 그가 있었다. 야당은 사람 잡는 대통령이라면서 정부를 공격했고, 여당은 대통령은 그런 사람을 만나야 하는 한가한 자리가 아니라고 맞섰다. 야당과 여당처럼 시민도 둘로 갈라져 서로 대립했다. 사회를 이끌어간다는 지식인들도 마찬가지였다. 목숨을 걸고 단식 중인 그를 두고 벌이는 논쟁에 있어 완충지대는 없어 보였다.

월드스퀘어 광장 한복판에 굶는 시민을 관람하기 위해 밤낮 할 것 없이 연일 사람들이 모여들었다. 그 바람에 주변 상업 시설이 활기를 띠었다. 광장 인근 편의점은 평소보다 매출이 30% 이상 늘었다. 광장을 생중계하는 방송사는 편의점 사장에게 마이크를 넘겼다.

"솔직히 말해 저는 단식을 계속하기를 바라는 쪽입니다. 매출이 늘어서 좋고요, 솔직히 말해 이런 말을 한다고 해서 경찰이 잡아갈는지 모르지만, 음식 맛을 잃은 시대이긴 해도 부자들은 암암리에 숨어서 소고기나 닭고기 등 음식을 먹고 살지 않나요? 역사책에 보면 금주령이 있던 시대에도 부자들은 숨어서 술을 마셨습니다."

마이크는 다시 대기하고 있던 다른 시민에게 넘어갔고 카메라가 곧 뒤따랐다.

"당장 단식을 중단해야 합니다. 무엇보다 음식 혁명 정신에 반합니다. 시대를 역행할 순 없어요. 대통령이 무슨 봉입니까. 요즘 사람들은 걸핏하면 정부와 대통령을 탓해요. 이러다간 미개했던 옛날처럼 가뭄이 들어도 대통령 탓으로 돌릴 겁니다."

역이나 대합실 같은 곳에 설치된 TV에 해골만 남은 그의 모습이 보였다. 사람들은 스포츠 중계방송을 보듯 그 화면에서 눈을 돌리지 않았다.

그러던 어느 날 밤이었다. "힘내세요!"라든가 "그만둬!" 따위의 말을 한마디씩 던지던 군중은 밤 10시를 기점으로 서서히 사라지고 광장에 정적이 찾아들었다. 자정을 넘기자 광장을 둘러싼 빌딩 전광판도 명멸을 멈췄고 경적과 함께 물결치던 차량도 뜸해졌다. 광장의 천막 안에는 뼈 거죽만 남은 그가 부처처럼 가부좌를 틀고 있고 감시인들은 이동식 간이 의자에 앉은 채 졸음을 쫓고 있었다. 그들은 3시간 정도 불침번을 선 뒤 후임자와 교대하고 광장 근처에 주차해 둔 승용차를 타고 집으로 돌아갈 예정이었다.

새벽녘에 바람이 불더니 빗방울이 듣기 시작했다. 감시인들은 이런 날씨에 대한 대비를 미처 하지 못했다. 그동안 비는 한 차례도 내리지 않았고 한여름이어서 아무런 문제가 없었다. 빗줄기는 점차 굵어졌고 거기다 바람까지 불었다. 감시인들은 쏟아지는 비를 피해 사방으로 흩어졌다. 이제 광장에는 천막 하나만 둥둥 떠 있었다. 천막 안에 가스등이 켜졌고 가부좌를 틀고 있던 그가 몸을 일으켜 세우는 모습이 그림자로 비쳤다. 어쨌거나 천막 안 바닥은 두꺼운 스티로폼이 두 장이나 깔렸기 때문에 바닥에 흐르는 빗물의 영향을 받지 않을 것이었다. 그때 비를 맞으며 한 사람이 천막으로 접근했다. 손에 쇼핑백을 든 여자였다. 비와 야음을 틈타 여자는 천막 안으로 재빨리 들어갔다. 그때 어디선가 호루라기 소리가 짧게 났다.

"천막 안으로 사람이 들어갔다!"

비를 피해 뿔뿔이 흩어졌던 감시인들이 삽시에 나타나서 천막 안의 여자를 끌어냈다. 기력이 쇠잔한 그는 팔을 공중에 휘저으며 뭔가를 말했지만 감시인들은 그 말을 알아들을 수 없었다. 쇼핑백에는 호박죽과 물병이 들어 있었다. 그 옛날 굶는 광대 공연이 있던 시절에 주최 측이 감시인 몰래 음식을 제공하는 일이 드물게 발생했는데, 당시는 흥행과 기록 갱신을 위한 꼼수였겠으나 이번 경우는 사정이 달랐다. 단식 감시자들은 즉각 그 여자를 고발했다. 그들은 단식 기간을 늘려 이득을 보려는 쪽의 술수라고 주장했다.

이튿날 그에게 음식을 제공한 장본인이 누구인지 밝혀졌다. 그 여자는 그 단식 시민의 딸이었다.

"아버지는 제가 가져온 음식을 끝까지 거부했어요. 저는 아버지가 자랑스러워요."

고등학생인 그녀는 그렇게 말하며 울먹였다. 그 일은 단식 중단을 주장하는 쪽에 큰 타격을 주었다. 이른바 대중의 동정심을 산 것이었다. 그런데 채 하루도 지나지 않아 사태는 반전되었다. 음식을 제공한 여자는 그의 딸이 맞긴 하지만 어머니의 사주를 받은 것이고, 여자의 어머니는 그와 오래전에 이혼했는데 현재 모 회사 노동조합 간부로 활약하고 있으며 일찍이 지구노동조합 연합은 그의 단식을 적극 지지한다는 성명서를 진즉에 발표한 바 있었다. 그렇듯 진흙탕 싸움이 연일 이어지는가 싶더니 이번에는 그와 친구 간에 오간 녹취된 대화가 세간의 이목을 끌었다. 그 대화가 세상에 알려지게 된 경위는 이러했다. 어느 날 광장의 군중 속에서 한 남자가 천막 안으로 고개를 쑥 들이밀었다.

"얌마, 희수. 나 태호야, 엄 태호, 별명이 모아이였는데 몰라?"

그는 의식이 희미했지만 그를 한눈에 알아보았다. 고등학교 동창이었다. 몸을 일으킨 그는 희미하게 웃어주는 것으로 반갑다는 의사 표시를 대신했다.

"야, 너 티브이에 나오고 완전히 떴더라. 동창들 중 니가 젤 출세했어야. 근데 다 죽어가는 널 보니 마음이 좀 짠하네. 헌데 어쩌다 이렇게 굶게 된 거냐?"

그는 세월이 흘렀지만 하나도 변한 게 없는, 모아이 석상 같은 녀석을 보고 있자니 자꾸 헛웃음이 샜다. 옛날 녀석의 우스꽝스런 행동이 스멀스멀 떠올랐다.

"내가 위장병이 좀 있어. 너 위장병 특효약이 뭔 줄 알아? 바로 단식이야."

그의 말은 농담이었으나 아무도 그 말을 농담으로 듣지 않았다. 농담이란 웃음과 다소 과장된 몸짓을 동반하기 마련 아닌가. 거기다 입술에서 겨우 나오는 말은 모기 날개 짓처럼 소리가 작았다. 어떻든 모아이 석상 같이 생긴 동창생이 천막 안으로 얼굴을 쑥 내민 때가 단식 38일째인가 되는 날이었고, 그에게는 간신히 말을 할 수 있을 정도의 기력만 남았을 뿐이었다. 어지럼증을 느낀 그는 스티로폼에 누웠다.

"그래 그래, 누워 누워."

모아이가 그의 어깨를 잡아주었다.

모아이가 돌아가고 나서 이틀 후에 세간은 또 한 번 시끄러웠다. 그의 단식은 위장병을 고치기 위한 단식이라는 소문 아닌 소문이 퍼져나갔다. 또 며칠 후에는 그와 모아이 간에 오간 대화 녹취록이 인터넷에 나돌았다. 그 녹취파일이 나돌게 된 경위에 대해 모아이가 관여되었는지 도청된 것인지는 확실하지 않다. 아무튼 위장병 치료를 위한 단식 건은 목숨을 건 투쟁에 적잖은 물타기로 작용되었다.

어느덧 단식을 중단하느냐 지속하느냐에 따라 공화국의 다음번 총선과 대선의 성패가 갈릴 가능성이 커졌다. 그래서 양 진영은 있는 힘을 다해 단식을 지지했고 또 단식을 반대했다.

단식 43일째 되던 어느 날 점심때였다. 호기심 어린 군중으로 가장한 어떤 사람이 천막 안으로 고개를 들이밀었다. 그는 모아이가 다시 온 줄 알고 가늘게 눈을 떴다. 눈을 뜨기는 했지만 시야가 희미했다.

"정신 차리세요. R 의원이 오셨습니다."

R 의원은 야당의 지도자급 인사였다. R은 모자와 안경으로 변장하여 감시자들의 시선을 따돌렸다. R은 굶는 시민에 호기심을 가진 군중 가운데 한 사람일 뿐이었다. 군중으로 위장한 R의 호위꾼들은 하루 중 감시가 가장 느슨한 시간대를 골랐다.

"끝까지 굶어야 합니다. 굶기를 포기해선 안 됩니다."

낮지만 강한 목소리였다.

"이러다 저는 죽을지 몰라요."

그 목소리는 잘 들리지 않았다. 옆에 있던 수행원이 재빨리 그 말뜻을 R에게 전했다.

"그래요 압니다 알아요, 얼마나 힘든지. 하지만, 이거 하나만 알아둬요. 세상에 사람들은 많습니다만 후세에 이름을 남기는 사람은 드뭅니다."

영웅이 될 수 있는 절호의 기회라는 말이었다. 그가 눈을 좀 더 크게 떴다. 그러나 여전히 상대방의 얼굴은 희미하게 보였다. 그는 몸을 일으키려 했으나 뜻대로 할 수 없었다. 자신의 단식을 지지하는 유명 인사에게 예의를 표시해야 했다. 군중을 가장한 정치인 R과 그 일행은 감시인들이 눈치채기 전에 서둘러 천막을 떠났다.

천막 앞 테이블 위에 놓인 스코어보드 숫자가 50을 가리켰다. 대통령은 아직도 천막에 나타나지 않았다. 여론이 급격히 나빠졌다. 그는 점차 영웅이 되고 반쯤 순교자가 되어가고 있었다. 미디어 매체들은 단식 기록을 들먹거리기 시작했다. 이미 지구정부 지역 기록은 갱신했고 세계 기록 갱신을 향해 한 걸음씩 다가서고 있다고 말했다. 돌이켜보면 굶는 광대는 기록 갱신을 명예로 알았다. 사방이 뚫린 대나무 조롱 속에서 단식 공연을 했고, 기록을 갱신하면 사람들의 박수갈채가 이어졌으며 진수성찬이 기다리고 있었다. 단식을 포기하지 않는 그는 어쩌면 기록을 세운 단식 광대의 피가 흐르고 있는 건지도 몰랐다.

천막 앞 테이블 위 스코어보드의 숫자가 54를 가리켰다. 그는 의식이 아득했고 주변 사람들의 말소리도 잘 들리지 않았다. 그는 이제 굶는 이유조차 알 수가 없을 지경에 이르렀다. 그리고 어느 한순간 그는 정신 줄을 놓았다. 세계 단식 기록에서 딱 하루 모자란다고 이구동성으로 미디어 매체들이 앞다투어 보도했다.

그는 깊은 잠에서 깨어났다. 사방을 둘러보니 병원이었고 혈관으로 링거 수액이 들어가고 있었다.

"대통령은요?"

긴 잠에서 깨어난 그가 한 첫 말이었다. 간호사는 고개를 절레절레 흔들었다. 광장에서 그를 감시하던 사람들은 아무도 없었다. 감시는 광장에서나 필요한 것이었고, 기록을 깨는 데 실패한 만큼 더 이상 감시 같은 건 필요 없었다.

병원으로 실려간 지 이레 후 그는 병원에서 나와 다시 광장으로 돌아왔다. 처음 그가 퇴원한다고 말하자 의사가 며칠 더 입원 가료를 해야 한다고 만류했으나 그는 고집을 꺾지 않았다. 하지만 그는 당일 퇴원할 수가 없었다. 퇴원하기 위해서는 병원비를 계산해야 하는데 그의 카드는 오래전부터 결재 정지

상태였다. 그는 병원비가 청산될 때까지 입원실에 누워있을 수밖에 없었다. 그의 전처는 병원에 나타나지 않았다. 그의 몸은 볼모로 잡혀 있었으나 신용불량자였던 탓에 아무짝에도 쓸모없었다. 병원 사무장은 그 사실을 언론에 슬쩍 흘렸다. 사무장이 그런 꾀를 낸 건 순전히 병원비를 확보하기 위한 것이었다. 사무장의 예상은 적중했다. 기사가 나간 지 하루도 채 지나지 않아 입원비는 완납되었다. 그 돈의 출처에 대해 시민들이 십시일반 모아서 송금된 것인지 보이지 않는 기획자의 주머니 속에서 나온 것인지는 분명하지 않다.

그는 다시 광장으로 돌아왔다. 광장 한가운데 쳐져 있던 천막은 그대로 있었다. 그가 병원에 있을 때 시 당국은 천막을 철거하기 위해 인부를 보냈으나 사람들의 방해로 뜻을 이루지 못했다. 그는 처음부터 다시 시작하기로 했다. 광장에서 처음으로 단식에 돌입할 때에 비하면 상황은 오히려 좋은 편이라고 그는 자위했다. 대통령의 사과를 받겠다던 일념은 뭉개졌고, 그의 사생활과 신상은 먼지까지 탈탈 털렸다. 이혼 경력, 보잘것없는 학력, 사소한 전과 기록, 그리고 단식 후 병원 입원비를 내지 못해 볼모로 잡혀 있었던 사실 등. 대통령의 사과를 받아 구겨진 자존심을 회복하고 그것을 인생의 턴어라운드로 삼겠다던 계획은 이미 물 건너갔다. 본말이 전도되어 정쟁의 중심에 서 있는 자기 자신이 낯설게 느껴졌다. 하지만 그는 거기서 마침표를 찍을 수 없었다. 갈 데까지 가고 한번 해보자는 결기와 근성은 죽지 않았다. 그는 끝장을 봐야 한다고 생각했다. 그는 다시 단식에 돌입했다.

그런데 어찌된 일인지 광장의 군중은 전처럼 그의 단식에 관심을 기울이지 않았다. 미디어의 관심도 전만 못했다. 그는 뭔가 잘못되어가고 있다고 생각했다. 그래서 천막 주변을 어슬렁거리는 사람들에게 그 이유를 물었다.

"세계 로봇 격투기 대회가 열렸잖아요."

그는 광장의 군중으로부터 관심을 한 몸에 받던 때를 떠올렸다. 그는 군중의 관심을 기대하며 묵묵히 단식을 이어갔다. 2차 단식 열흘째 되던 날에는 단식 찬성 쪽 감시인들도 사라졌다. 감시인들이 사라지긴 했지만 단식 천막은 대중들로부터 아주 잊히진 않았다. 광장을 찾은 사람들이 천막 앞으로 와서 그를 힐끗 쳐다보고 가곤 했는데 이 또한 전과 다른 양상이었다. 전에는 "힘내세요!"라든가 "당장 그만둬." 따위의 말 한마디쯤 하고 지나갔는데, 언제부터인가는 그런 말조차 하지 않았고 무관심해 보였다.

링거 수액으로 임시 처치된 그의 몸은 급격히 쇠약해졌다. 이번 단식은 보름을 넘기기 어려울 듯했다. 단식을 중단하지 않으면 이번에는 목숨을 보장할 수 없다고 그를 진료했던 의사가 말했다.

"여보, 이제 제발 그만해요. 내가 잘못했으니 그만 집에 가요 네?"

2차 단식 13일째 되던 날 밤, 그의 전처와 딸이 천막을 찾아왔다. 그녀는 대통령을 대신해서 용서를 구했다. 그는 와불처럼 누워서 꼼짝도 하지 않았다.

"아빠, 내가 잘못했어. 이제부터 아빠 말 잘 들을게. 집에 가자 응?"

그는 여전히 꼼짝하지 않았다. 전처와 딸이 돌아가고 그는 광장에 홀로 남았다. 대중은 더 이상 단식 기록을 깨는 데 실패한 그에게 관심이 없었다. 대중의 흥밋거리는 이제 로봇 격투기 리그전이었다. 그 옛날 굶는 광대가 서커스가 등장하자 무대에서 사라졌듯 그도 사라져야 할 운명이었다. 요식업을 허용하고 음식 맛을 보장하라는 구호와 명분은 메아리처럼 공허했다.

그는 천막에서 나와 광장을 보았다. 광장을 둘러싸고 있는 빌딩의 전광판이 명멸했다. 천막은 광장 한가운데 무인도처럼 떠 있고 광장 밖으로는 자동차 물결은 빠르게 흘러가고 있었다.

밤으로의 여행

〈각자 자기의 인생을 색으로 표현한다면 무슨 색일까요?〉

엷은 어둠이 산을 넘어와 천수답과 옥수수밭을 덮었다. 나는 그 질문에 대한 답을 생각하느라 라이트를 켜는 것도 잊은 채 충청도 산골 비탈길을 달렸다. 중앙분리선이 서서히 어둠에 지워졌다.

"박 선생은 무슨 색인 거 같애?"

운전석과 등지고 앉은 오 선생이 고개를 돌리며 말했다. 나는 백미러를 보았지만 그새 어둠이 봉고차 안을 점령했다. 상향등을 켠 승용차 한 대가 마주 달려왔고, 나는 비로소 라이트를 켰다.

"선우 씨는 무슨 색입니까?"

나는 대답 대신 오 선생과 마주 앉은 선우 씨에게 질문을 넘겼다.

"글쎄요, 여러 가지 색이 뒤섞여 무슨 색이라고 꼬집어 말하기 어렵네요. 차라리 색이 없다고 하는 편이 낫겠어요."

그 대답은, 심정이 복잡하다는 쪽으로 해석해도 무방하리라. 애초에 이 질문을 던진 건 선우 씨였다. 그러니까 그 물음은 "지금 내 마음은 편치 못한데 두 분은 어떠십니까?"를 우회적으로 표현한 게 아닌가.

오 선생과 나는 끝내 그 질문에 대답을 하지 못했다. 봉고차는 구불구불한 산협 길을 두 줄기 불빛을 앞세운 채 천천히 달렸다.

"어디로 가는 거죠?"

선우 씨가 한참 만에 입을 열었다. 내가 운전대를 잡았으므로 이런 경우에 대답은 온전히 내 몫이었다.

"길이 난 데로 달리는 겁니다. 그러다 보면 뭔가가 나오겠죠."

그 대답에 아무도 대꾸하지 않았다. 한 가지 분명한 것은 우리 모두 고속도로로 접어들기를 원하지 않고 있다는 것이고, 그건 다시 말해 집으로 돌아가고 싶지 않다는 간접 표현이었다. 그러니까 우리는 목적지 없이 봉고차로 산길을 달리고 있는 거였다. 그것도 깜깜한 밤길을.

처음부터 목적지가 없었던 건 아니었다. 오후에 증평을 출발할 때만 하더라도 우리의 목적지는 인천이었다. 그랬으나 우리는 서로 묵계나 한 듯이 이정표상에 중앙고속도로와 연결되는 지방도를 지나쳤다. 운전하는 사람은 나였으므로 그것은 순전히 내 의지고, 따라서 그 책임도 내가 져야 할 판이었지만 아무도 그것에 대해 토를 달지 않았다. 봉고차는 점점 더 깊은 산 속으로 빠져 들어갔고, 간간이 마주치던 자동차 불빛도 이젠 뜸해졌다.

*

그날 여행은 충동적이었다. 다른 사람은 몰라도 적어도 나는 그랬다. 전날 밤 함께 여행을 가자는 오 선생의 전화를 받았을 때 나는 별다른 고려 없이, 네 그러죠 뭐, 하고 대답했다. 뒤이어 오 선생은, 그런데 말이야 동행이 한 명 있어, 하고 말했고, 나는 즉시 그가 누구냐고 물었다. 오 선생은, 제자인데 내일 만나보면 알 거고 암튼 내일 아침에 거기서 보자구, 하는 말을 끝으로 전화를 끊었다. 전화를 끊고 나서 생각해보니 이튿날 예정된 여행에 대해 아는 게 아무것도 없었다. 그래서 오 선생에게 전화를 걸어 이것저것 자세히 물어볼까 하다가 그만두었다. 늦은 밤이어서 사모님께 폐를 끼칠까 봐 그런 게 아니라 내일 만나보면 알겠지, 하는 낙천적인 생각이 앞섰기 때문이었다.

잠자리에 들기까지 나는 아내에게 내일의 여행을 알리지 않왔다. 밤늦더라도 자정 전까지만 귀가하면 아무런 일도 없다는 듯이 그 하루가 지나갈 터였다. 모로 돌아누워 누운 아내는 잠이 들었는지 가볍게 코를 골았다. 코를 고는 습관이 있는 건 아니지만 아내는 피곤하면 가볍게 코를 골았다. 오늘 하루도 힘겹게 하루를 보냈으리라. 기간제 교사라는 게 알고 보면 일용직 노동자가 아닌가. 나는 자리에서 일어나 거실로 나가 냉장고를 열었다. 어제 먹다 남은 소주가 오렌지 주스 병 옆에 있다. 나는 그걸 꺼내 물컵에 부어 마셨고, 소주 반병이 두 모금에 없어졌다. 목젖을 타고 내려간 알코올은 금세 뱃속을 덥힌다. 아들의 방에서 소음이 새어 나왔다. 락을 음악으로 인정하지 않는 건 내 한계인지도 모른다. 사춘기에 접어든 아들과 나 사이에는 락과 소음의 차이만큼 두터운 벽이 가로놓여 있다. 그 벽을 느낀 순간 나는 자식을 계도시켜야겠다는 생각을 버렸다. 지각이 잦은 아들에게 이제 그만 자라는 말을 하기 위해 작은방 앞까지 갔다가 도로 식탁에 앉았다. 나는 '남의 인생에 간섭'하는 아버지가 되기 싫었다.

소주 반병이 수면에 도움이 되리라는 생각은 잘못되었다. 실체 없는 생각들이 꼬리에 꼬리를 문다. 번뇌 망상. 잠 못 드는 자에게 새벽은 아니 오고 지친 나그네에게 갈 길은 멀다. 나는 잠 못 드는 자이고 지친 나그네다. 망상들 사이로 오 선생의, 그런데 말이야 동행이 한 명 있어, 하던 말이 불현듯 떠

오른다. 오 선생의 제자라면 여자고 지금 내가 아는 것은 그것밖에 없다.

그러고 보니 오 선생이 명퇴한 지도 벌써 사 년이 넘었다. 사립 여자고등학교에서 이십이 년을 평교사로 근무했다. 그는 시인이었고 교회 장로였다. 그는 스스로 시를 쓰느라 학생들을 엉터리로 가르쳤다고 말했다. 엉터리로 가르쳤을망정 그를 따르는 제자가 많았다. 명퇴하기 전 오 선생의 인기는 대중적인 것과 거리가 먼, 이를테면 기꺼이 평강공주의 자질을 보이는 학생들이 만들었을 것이다. 그도 그럴 것이 두꺼운 안경을 낀 오종종한 얼굴에 호감을 가질 사람은 아무도 없을 터이기 때문이다.

재단으로부터 명퇴 압력을 받았을 때 오 선생은 의외로 쉽게 용단을 내렸다. 기실 그는 명퇴 압력을 받기 전부터 교단을 떠날 생각을 했는데, 그 계기가 된 게 이빨이었다. 평소 이 관리를 소홀히 한 오 선생은 신체 중에 이가 먼저 상했고, 치과 의사는 틀니를 해 넣어야 한다는 판정을 내렸다. 의도된 발음이 나오지 않는 건, 오 선생 표현대로 하자면 고통인 동시에 죄악이었다. 다른 과목이라면 몰라도 발음이 중시되는 영어 선생이기에 하루라도 빨리 학교를 그만두는 게 학생들을 도와주는 길이라고 했다. 그렇다고 해서 명퇴 뒤에 마땅한 대책을 세워놓은 것도 아니었다.

이십팔 년 교직 생활을 마감하는 날 하필이면 부슬비가 내렸다. 교무실에서 간단하게 진행된 식을 마치고 아무도 몰래 책 보따리를 들고 교정을 빠져나가는데 제자들이 달려 나와 버스 정거장까지 우산을 받쳐 주었다는 이야기는 언제 들어도 코끝이 찡하다. 언젠가 호프집에서 맥주잔을 기울이다가 오 선생에게 운전도 배우고 차도 사라는 말을 한 적 있다. 그러나 오 선생은 차를 살만한 돈도 없을 뿐 아니라 운전을 배울 엄두가 나지 않는단다. 기계적인 것하고 원체 거리가 먼 분이라 운전대를 잡은 오 선생의 모습이 오히려 생경하다.

나는 지금까지 한 번도 오 선생과의 나이 차를 생각해본 적 없다. 그만큼 오 선생이 격의 없이 나를 대해주었다는 얘기다. 그건 결코 말처럼 쉬운 게 아니다. 원래 그는 아내가 존경하는 선생님이었다. 영어 시간에 오 선생은 영시를 낭독한 뒤 그 시의 모티브가 된 게 뭐냐고 학생들에게 물었지만 아무도 대답을 하지 못했다. 오 선생과 텔레파시가 통한 아내가 정답을 말했을 때 오 선생은 놀라워하며 아내를 극구 칭찬했다. 그때부터 아내는 오 선생을 존경하기 시작했다. 졸업한 뒤에도 두 사람의 관계는 이어졌고, 아내가 대학교를 졸업하던 무렵에 나는 그 관계에 끼어들었다. 당시 나는 문학청년이었고, 아내는 그런 나를 사랑했다. 아니, 사랑했다고 믿고 싶다. 아니, 사랑했을 것이다. 왜냐하면 내가 사랑했으므로.

아내와 오 선생 관계에 내가 끼어듦으로 해서 아내와 오 선생의 관계는 멀어졌다. 아내는 술을 한 방울도 먹지 못하는 체질이므로 그것은 자연스러운 현상이었다. 결혼 후에는 가끔 오선생 핑계를 대고 새벽까지 친구들과 술을 마시기도 했다. 그런 일이 있긴 했지만 나는 친구보다 더 자주 오선생을 만나 문학과 인생을 이야기했다. 보충수업비를 받거나 봉급 밖에 수입이 생기면 오선생은 어김없이 전화를 걸어 술 한잔하자 했다. 명퇴는 그런 오 선생을 쉬 늙게 했고 그리고 초라하게 만들었다. 언제부턴가 내가 먼저 전화를 하지 않으면 통 연락을 하지 않았다. 그렇긴 했지만 제자들과 여행할 기회가 닿았거나 좋은 회식 자리가 생기면 내게 전화를 했다. 그것이 부탁일 순 없겠지만 나는 지금까지 한 번도 오 선생의 부탁이나 제안을 거절하지 않았다. 그날 여행만 해도 그렇다. 전혀 준비가 돼 있지 않음에도 불구하고 선뜻 수락한 것은 따지고 보면 그러한 타성 탓이었을 것이다.

*

이튿날 아침 나는 약속 장소인 교원공제회관 앞에 오 분 일찍 도착했다. 도시는 아침부터 소음과 분진에 시달렸고, 약속 시간이 삼 분 지났을 때 노란색 승합차 한 대가 멈춰섰다.

"타세요."

운전석 반대쪽 문밖으로 고개를 내민 얼굴이 낯설어 나는 한동안 그 자리에 서 있었다. 옅은 화장을 한 삼십 대 초반쯤 뵈는 여자였다.

"박 선생, 타."

오 선생이 차에 탄 채 말했다. 나는 그제서야 차에 올랐고, 문이 닫힌 것을 확인한 여성 운전자는 신경질적으로 크락숀을 울려대는 마을버스를 피해 가속 페달을 밟았다. 오 선생은 운전석과 등을 맞대고 앉았다.

차가 고속도로에 접어들었을 때 오 선생은 잊은 게 생각난 듯 여성 운전자와 나를 인사시켰다. 여자가 먼저 뒤돌아보며 인사했는데, 뒤돌아보는 짬이 길어 좀 불안했다. 차창 옆으로 승용차 몇 대가 밀려났고, 경쾌한 팝송 리듬이 가속을 부추기는 분위기였다. 전방에서 눈을 돌리지 않은 채 여자는 나를 처음 보는 게 아니라고 했다. 뒤이어 여자는 자신을 기억하지 못하겠느냐고 물었다. 어쨌거나 상대방을 나를 알아보는데도 불구하고 내가 상대방을 기억하지 못하는 건 큰 실례였다. 나는 기억을 더듬었지만 도무지 그녀의 얼굴은 기억의 구석에도 남아 있지 않았다. 그래서 오 선생을 바라보며 도움을 요청했다.

"가만있자, 두 사람이 어디서 봤더라?"

기억이 희미한 건 오 선생도 마찬가지였다.

"실망이에요, 정말. 그렇게 제가 특징이 없었나요?"

"죄송합니다. 아무래도 제 기억력에 문제가 발생했나 봅니다."

"죄송할 거까지야 뭐 있겠어요."

여자는 아닌 게 아니라 실망한 게 분명했고, 그 첫인상은 특징이 없는 게 아니었다. 연예인 같지는 않더라도 누구나 호감을 가질만 했다. 덧니가 살짝 내비치는 치아도 그렇고, 경쾌한 어조의 말투는 여느 여자하고 차별을 두기에 충분했다.

"언제 저를 만났습니까?"

팝송이 내 목소리를 지워버리는 바람에 나는 그 질문을 두어 번 반복해야 했다.

"숙제예요. 기억을 회복할 수 있는 시간을 한 시간 주겠어요."

운전대를 잡은 채 여자가 뒤돌아보며 말했다. 미소지을 때 살짝 드러난 덧니가 귀염성 있다.

예상대로 그녀는 오 선생의 제자였고, 아내보다 오 년 후배였다. 아내와 나는 동갑이므로 그녀는 나보다 다섯 살이 적다는 말이 된다.

"그때도 우리 셋이 함께 만났습니까?"

나는 문제의 힌트를 달라고 한 뒤 그렇게 물었는데, 뜻밖에도 그녀의 대답은 '네!'였다.

승합차는 거칠 것 없이 내달렸다. 속도감지기가 보일 때마다 그녀는 그것을 용케 알아보고 속력을 줄였고 다시 가속 페달을 밟았다. 남성보다 여성 운전자가 더 과속한다는 말은 풍문이 아니었다. 오 선생과 나는 그녀와 연관된 기억을 더듬었지만 헛수고였다. 한 시간의 문제 시한이 지나갔지만 답을 알아내지 못했다. 그녀는 미소만 지을 뿐 대답을 자꾸 미루었다. 나는 오 선생과 그녀 간에 오가는 대화로 미루어 짐작했다. 그녀는 어린이를 사랑하는 어린이집 원장이고, 요즘에는 과거처럼 어린이집 운영이 잘되지 않으며, 결혼을 했으나 아직 아이는 없고, 인터넷카페 동호회에 새벽 한 시에 들어가서 두 시경에 나오고, 남편은 전직 은행원인데 현재는 무슨 사업을 하고 있으며, 골목 운전은 자신 있으나 고속도로 운전은 자신이 없고, 어린이집에 속 썩이는 아이들이 몇 명 있는데 그 부모들도 똑같이 문제가 많다.

"좀 비참하지 않아, 박 선생?"

호법 분기점에서 중앙고속도로로 인터체인지하고 나서 오 선생이 말했다.

"뭐가요?"

"여자가 운전하고 남자는 옆자리에 앉아 편히 가는 거 말이야. 그래서 난 마누라가 운전하는 차를 타지 않아."

언젠가 오 선생은 지금하고 똑같은 말을 한 적 있었다. 그때는 큭 하고 웃고 말았지만, 이번에는 사정이 좀 달랐다. 얼떨결에 여자가 운전하는 차를 탔다가 졸지에 쪼다가 되어버렸기 때문이었다.

"휴게소에서 교대할게요."

제자를 사랑하는 마음에서 그런 말을 한 건지 농 삼아 그런 말을 한 건지 그 진의야 알 길 없었지만, 아무튼 나도 좀 그런 생각이 들었다.

"참 이상들 하시네요. 운전에 여자 남자가 어딨어요. 아무나 하면 그만이죠."

그녀가 약간 인상을 찡그리며 뒤돌아보았다.

"멀쩡한 남잘 놔두고 왜 여자가 운전을 해?"

"선생님은 안 그런 줄 알았더니 혹시나 했더니 역시나네요. 선생님, 시절이 변한 지 오래됐어요. 조선소에 가 보면요, 거대한 배 위에서 여자들이 용접을 한다구요. 또 여자가 바벨을 들고 축구와 야구를 하는 판에 정말 시대에 뒤떨어진 생각들을 하고 계시네요."

오 선생과 나는 할 말을 잊었다. 이럴 때는 그냥 침묵을 지키는 게 약이고 토를 달아봐야 본전도 못 찾기 십상이다. 일죽을 지날 때까지 우리는 스피커를 통해 흘러나오는 음악을 감상했다. 질 낮은 음질이었지만 그것만으로도 여행의 설레임은 지속된다.

"제자 중에 공병임이 제일 잘 사는 거 같애."

'음성 12km'라고 쓰인 이정표가 보일 때 오 선생이 입을 열었다. 공병임 씨는 증평에서 우리 일행을 맞이할 오 선생의 제자였다. 나는 이 여행 전부터 오 선생을 통해 공병임 씨를 알고 있었다. 그녀는 여고를 졸업하자마자 시골로 시집을 가서 지금은 장성한 아들이 둘씩이나 된다. 그녀와 결혼한 남자는 소를 키우던 청년이었다. 그녀는 대학을 낙방하고 재수를 하던 중 외삼촌 집에 놀러왔다가 소를 키우던 청년과 처음 눈이 맞았다. 공병임 씨는 공부 대신 사랑을 선택했다. 지난 일이어서 말은 쉽지만, 재수를 하던 학생이 대학 진학 대신 결혼을 선언했으니 그녀 부모의 반대는 얼마나 심했을 것인가. 당사자로부터 이야기를 듣지 않아도 그 상황은 강 건너 불 보듯 뻔히 보인다. 청년은 극심한 반대에 아랑곳없이 그녀의 아버지와 독대해서는 "장인어른, 따님을 제게 주십시오. 절대로 고생시키지 않겠습니다. 제가 책임지고 대학공부를 시키겠습니다." 라고 박력 있게 말했다고 한다. 그러나 그 약속은 하나도 지켜지지 않았다. 대학은커녕 청년은 그녀를 농투성이로 만들었다. 하지만 그녀의 삶은 불행하지 않고 오히려 건강하다. 비록 농촌에 살지만 비가 오는 날이면 책상에 앉아 유리창에 흘러내리는 빗물을 보며 커피를 마시고, 그리운 사람에게 편지를 쓴다. 그리고 세월이 흘러 박력이 좀 시원찮아졌지만 남편을 여전히 사랑한다. 언젠가 오 선생은 그녀의 편지를 내게 보여 준 적 있다. 흙의 감성이 이런 거로구나 싶었다.

"증평에서 병임이는 유명 인사야. 증평일보 고정 컬럼리스트에다 증평 수필문학회 회장이니 안 그렇겠어."

오 선생이 그녀를 한껏 부추겼다.

"어머, 부러워라. 나도 농촌 총각한테 시집갈걸."

"차라리 그러지 그랬냐."

농으로 한 말을 받는 오 선생의 말에 묘한 뉘앙스가 있다. 하기는 오 선생은 그녀의 스승이고, 두 사람의 부부 관계를 어느 정도 알고 있을 것이다. 그러고 보니 결혼한 지 수 해가 지났는데 아이가 없다는 게 좀 이상하다. 하지만 그 이유를 물어볼 순 없다. 무심코 내뱉은 말에 상대방이 다칠 수도 있다.

"선생님, 저하고 병임이 언니 집에 처음으로 놀러간 게 몇 년도인지 아세요?"

분위기를 바꾸려는 듯 그녀가 말했다.

"한 오 년 됐지 아마."

"아니에요. 정확하게 사 년 칠 개월하고 팔 일째 돼요 오늘이."

"기억력이 좋은 건 좋다만, 잊을 건 잊고 사는 게 잘 사는 거야."

"잊어야 할 일과 잊어서는 안 될 일이 따로 있지 않겠어요. 사 년 칠 개월하고 팔일 전 오늘은 잊어서는 안 될 날 중 하루죠."

나는 두 사람의 대화에 부러 끼어들지 않았다. 내가 끼어들지 못할 그 무엇이 이미 두 사람 사이에 형성되어 있었기 때문이었다.

"사 년 전 그날이 네겐 특별한 날이었냐?"

"그럼요. 그러니까 또렷이 기억하죠."

"무슨 날이었는데?"

"결혼을 결심한 날이었죠. 선생님과 함께 병임이 언니 집을 다녀온 바로 그날 결심했어요."

"그랬냐? 난 몰랐구나."

"참, 그날 일행이 또 한 명 있었어요."

"누구냐 그 사람이?"

"한 번 맞춰보세요."

"또 기억력 테스트냐?"

"네."

요컨대, 함께 겪은 일을 기억하지 못한다는 것은, 그 날을 또렷이 기억하는 사람의 입장에서 보면 야속하기 짝이 없는 일이다.

"선생님, 모르겠어요 정말?"

그녀는 야속한 감정을 숨기려 하지만 감정이 밴 어조를 어쩌지 못한다.

"누구냐 그 사람이?"

오 선생이 답을 재촉했다.

"여기 바로 이 사람요."

"박 선생?"

"이 차 안에 저하고 선생님 말고 또 누가 있어요."

순간 둔기로 가볍게 뒤통수를 맞은 듯한 느낌이었다. 백미러로 우리의 표정을 유심히 보고 있던 그녀가 다시 뒤돌아보았다.

"아까 말했잖아요. 이 인간하고 구면이라구요."

그녀는 의도적으로 나와 눈을 마주치지 않았다.

"그러고 보니 그런 것도 같구나."

오 선생이 사태를 재빨리 수습했다. 나는 안개 속처럼 뿌연 기억의 갈피를 더듬었다. 오 선생 말대로 그런 것도 같았을 뿐 구체적인 상은 떠오르지 않았다. 이것으로 여행을 시작하면서 그녀가 낸 숙제가 풀린 셈이지만 기분이 상큼하지는 않다. '이 사람' '이 인간'이라는 호칭만 해도 그렇다. 하지만 나는 하나도 서운하지 않았다. 나이 차가 좀 나지만 계속해서 그렇게 불러주었으면 좋겠다. '선생님'보다 '이 사람' '이 인간'이 훨씬 인간적이지 않은가.

그랬을 것이다. 내가 사 년 칠 개월하고 팔일 전 오늘을 기억하지 못한 것은 알코올 탓이 컸을 것이다. 그즈음 나는 거의 하루도 거르지 않고 술을 마셔댔다. 강사 노릇하다가 학원을 차렸는데, 돈이 너무 잘 벌렸다. 학생들은 부나방처럼 학원으로 모여들었고, 학부모들은 학원을 다니지 않으면 큰일이라도 날 것처럼 봉투에 수강료를 넣어 아이들을 학원으로 내몰았다. 판검사와 의사가 인생의 목표인 아이들을 잘 가르쳐서 좋은 대학을 보내고, 그 아이들로 인한 광고 효과만 보면 그만이었다. 나는 강의를 접고 경영에만 몰두했다. 그리고 훌륭한 사람이 되기를 포기했다. 아이들에게 공부를 열심히 해서 훌륭한 사람이 되어야 한다고 말하는 것도 포기했다. 쉽게 번 돈을 쉽게 쓰는 재미야말로 그 어떤 재미에 비할 바 아니었다. 일주일에 한 번씩 여자를 바꿔가며 인생을 즐겼다. 그 여자들 가운데는 내게 고용된 강사들도 있었다. 술집 여자나 아이들을 가르치는 선생이나 별다를 게 없었다. 차이가 있다면 후자의 경우 자존심을 손상시키지 않을 만큼 약간의 시간이 필요하다는 것뿐이었다. 교무실은 어느새 모두 여선생으로 채워졌고, 나를 가운데 두고 벌이는 여선생들 간의 시기와 각축을 즐기며 오늘은 어떤 선생을 은밀히 불러낼 것인지 숙고했다. 그녀들에게 있어 원장의 간택을 받는다는 것은 혹여나 있을지 모를 해고에 대한 방비책인 것과 동시에 급료의 안정적인 보장을 의미했다. 나는 돈을 벌수록 마음은 핍진해졌고, 인생은 허망하기 짝이 없었다. 그 모든 게 다 훌륭한 사람이 되기를 포기한 까닭이었다.

사 년 전이라면 그 시절이다. 오 선생이 여행을 가자고 전화를 했을 것이고, 나는 학원 경영에 따르는 피로를 풀 겸, 또 아내의 선생을 위할 겸 기꺼이 여행을 떠났을 것이다. 그런데 그때 그녀도 함께 있었고, 그로부터 몇 년이 지난 지금 그녀의 존재를 기억하지 못하는 것은 그 당시 형편으로 돌아가 생각해보면 이해가 간다. 모르긴 해도 당시에 나는 그녀에게 관심이 없었을 것이다. 그도 그럴 것이 일주일이 멀다 하고 여자를 바꿔가며 외도를 했으니 말이다.

음성 휴게소에서 차를 세웠다. 주말도 아닌데 주차장은 빈 데가 별로 없었다. 각자 소변을 보고 식당으로 가 우동 한 그릇씩 비웠다. 그리고 자판기에서 커피를 뽑아 들고 다시 차 있는 데로 왔다.

"차 키 줘요."

나는 운전대를 잡을 요량으로 말했다.

"운전하게요. 봉고찬데요?"

그렇게 말하며 그녀는 운전석 문을 열었다.

"일종 보통면헙니다. 어서 키 줘요."

마지못해 차 키를 내게 건네긴 했지만 미덥잖다는 표정이 얼굴에 역력했다. 커피가 담긴 종이컵을 입에 문 채 운전석에 오른 나는 시동을 건 뒤 천천히 가속 페달을 밟았다. 손에 익은 기계가 아니어서 나는 평상시와 달리 안전운전을 했다.

"선생님, 이제 쪼다는 면했죠."

내가 좋아하는 팝송 '샌프란시스코'가 흘러나와 스피커 볼륨을 조금 높였다. 두 사람의 웃음소리가 노래에 섞였다. '샌프란시스코'가 끝나고 '아이 해브 드림'이 흘러나올 때 그녀가 말했다.

"사 년 전 선생님과 여행 갔다 오고 나서 바로 결혼을 결심했어요."

나는 전방만 주시한 채 두 사람의 대화를 조용히 듣기만 했다.

"선생님은 그때 제게 결혼은 안 하느니보다 하는 게 낫다고 말했어요. 늙으면 너무 외로워진다면서 말이죠. 늙으면 가려운 등을 긁어줄 사람이 필요하댔어요. …많이 망설이다가 그 사람 소원을 들어주기로 했죠. 솔직히 죽은 사람 소원도 들어준다는데 산 사람 소원 하나 못 들어주겠냐 싶은 마음이었어요."

"일방만 원해서 하는 결혼은 바람직하지 않아. 결혼은 서로 사랑해서 한 시라도 떨어져 살 수 없을 때, 그때 하는 거란다."

"그때 제 나이 이미 서른이 넘었잖아요. 사랑의 열병이 몇 차례 지나간 뒤였어요. 그 사람을 사랑하는 건지 아닌지 잘 모르겠더라구요."

"그래도 스쳐지나가는 사랑이라도 있었으니까 결혼했을 거 아니냐?"

"그랬겠죠."

"결혼한 것에 대해 후회하는 마음이 있다면 당장 버려라. 사랑이 없으면 정으로 사는 거야."

"………"

"아이는 왜 갖지 않아? 무슨 문제가 있니?"

"………"

고속도로를 빠져나와 증평 읍내로 접어들자 도로 양쪽으로 시원스레 들판이 펼쳐져 있다. 나는 음악 볼륨을 한껏 높인 뒤 양쪽 자동문을 열었다. 벼가 무르익어가는 들판의 바람이 차 안으로 달려들었다. 나는 바람의 자극과 속도의 자유를 맘껏 즐겼다.

*

시골에 우뚝 선 아파트 단지가 생경했다. 저 너른 들과 야산을 놔두고 비둘기집 같은 아파트를 지어 살다니? 시골이 서울을 닮는다고 하지만 어디 닮을 게 없어서 저런 걸 다 닮나 싶었다. 오 선생은 우체국 앞에서 차를 멈추게 한 뒤 공병임 씨에게 전화를 걸어 증평 도착을 알렸다.

"박 선생, 전화받아 봐."

오 선생에게 건넸던 핸드폰이 다시 돌아왔다. 나는 그녀의 길 안내를 받았지만, 사거리에서 좌회전, 다리를 건너자마자 우회전, 초정리 이정표를 보고 달리다가 초등학교가 보이면 첫 번째 사거리에서 좌회전을 다 기억할 수 없었다.

전화를 몇 통화 더 하고서야 겨우 공병임 씨의 집을 찾았다. 항아리 있는 집을 찾으면 된다고 하더니 과연 마당에는 어린아이 키만한 항아리가 백여 개는 족히 될 듯싶었다. 항아리마다 된장과 고추장이 가득 채워져 숙성되고 있었는데, 그것들은 인터넷으로 주문을 받아 택배로 판매된다고 한다. 덧붙여 그녀는 항아리 개수를 지금보다 두 배로 늘리려는 계획을 세웠지만, 좋은 항아리 구하기가 하늘에 별 따기만큼이나 어렵다고 했다.

우리는 모두 대추나무 그늘 아래 놓인 평상에 올랐다. 싸리나무 울타리 너머 논 앞으로 포장도로가 뱀이 풀밭을 헤쳐가듯 이어지고, 그 너머로 산이 병풍처럼 둘러쳤다. 조금 있자니까 공병임 씨가 찐 감자와 옥수수, 단호박을 소반에 담아 내온다. 오 선생이 남편이 안 보인다고 말하자 그녀는, 남편은 아침 일찍 부천시 소재 L백화점으로 된장을 납품하러 갔고 저녁 늦어서야 돌아온다고 했다.

"자기 말로는, 진짠지 거짓말인지 모르지만 도시 아줌마들한테 인기 짱이래요. 박력으로 한몫하는 사람이니까 그 말이 빈말이 아닐 지도 모르죠."

그녀는 은근히 도시로 나간 남편을 못 미더워하는 눈치였다. 단호박은 설탕처럼 달았고, 배가 부를 즈음 대문으로 건장한 청년 하나가 들어왔다. 그녀의 작은아들로, 큰아들은 작년에 해병대를 지원해서 갔다고 했다.

"엄마 선생님이셔, 알지?"

청년은 허리를 굽혀 인사했다. 오 선생은, 그 녀석 참 잘생겼다, 하고 장히 여기며 몇 살인지 물었는데 대답을 공병임 씨가 했다.

"고등학교 2학년인데, 공불 안 해서 속상해 죽겠어요, 선생님."

"공부 못한다고 너무 야단치지 마라. 공부 외에 다른 재주가 있겠지. 공부 잘한다고 해서 사회에 나가 성공하는 건 아니다."

엄마의 말에 청년은 기가 죽었는지 슬며시 집 안으로 들어간다.

"주무시고 갈 거죠?"

주무시는 게 당연하지만, 확인을 하는 어투다. 오 선생이 일행의 눈치를 살핀다. 예정에 없던 여행이어서 나는 저녁에 올라가야 한다. 그러면 아홉 시 뉴스 전에 집에 도착할 수 있으리라. 나와 눈을 마주친 뒤 오 선생은 그녀를 쳐다본다.

"선우, 넌 어떠냐, 오늘 올라가야지?"

그러나 그녀는 아무 말이 없다.

"주무시고들 가세요."

하기야 공병임 씨는 우리의 의사를 알아야 그에 맞는 처신을 할 수 있을 것이다.

"오늘 저녁에 올라가야지."

오 선생이 결정을 내리듯 말했고 어쨌든 우리는 저녁에 출발할 것이다.

푹 삶은 오골계를 또 먹었다. 고기가 입안에 오래 씹힌다. 놓아먹이던 놈이라서 그렇단다. 나와 오 선생은 국물까지 맛있게 먹었지만, 그녀는 별맛을 느끼지 못하는 눈치다. 고기를 소금에 찍어 몇 점 먹은 게 전부였다.

그날 우리는 우암 송시열이 산수를 사랑하여 은거했다는 화양계곡으로 갔다. 공병임 씨 말로는 금방 갈 수 있는 거리라고 했으나 결코 가까운 거리가 아니었다. 도착해보니 소문대로 넓은 반석 위로 맑은 물이 흐르고 주변의 울창한 숲이 장관을 이룬다. 우리는 걸어서 상류까지 올라가 계곡으로 내려갔다. 늦더위 피서객들이 물놀이를 하고 있다. 어린아이들은 튜브를 탄 채 물장구를 치고, 대절한 관광버스로 온 중늙은이들이 깔깔대며 웃는다. 나는 양말을 벗고 계곡물에 발을 담궜다. 끈적끈적한 더위가 일시에 달아난다. 나는 일행에게 나처럼 발을 담그라 권한다. 바지 가랑이를 무릎까지 걷어 올린 오 선생만이 다가와 흐르는 물에 발을 담그며 으 시원해, 하고 연거푸 말한다.

"박 선생, 뭐하고 있어, 어서 들어오지 않고?"

적어도 그리 말한 순간만큼은 오 선생은 나보다 젊다. 나는 수영복이 없는데 어떻게 들어가냐고 말한다. 오 선생은 턱짓으로 옷을 입은 채 물놀이를 하는 사람들을 가리킨다. 그러나 나는 자신 없다. 바지런한 공병임 씨가 그런 나를 구했다.

"선생님, 이리 오셔서 동동주 한잔하세요."

나무 그늘진 너럭바위에 교자상이 어느새 펴져 있다. 매콤한 도토리묵에 호리병 탁주 맛이 일품이다. 먹기에 좋아도 알코올 도수가 꽤 높다. 금새 술기운이 온몸에 돈다.

"째째한 남편하고 살기가 힘들어요."

무슨 말끝에 선우 씨가 말했다. 남편은 은행원으로 일하는데, 그녀는 다만 그 사실만 말했을 뿐 어느 은행 어디 지점인지는 밝히지 않았다. '은행원'과 '째째함'은 마치 탁주와 도토리묵처럼 잘 어울리는 단어로 조금도 이상할 게 없지 않은가. 그런데 그녀는 남편의 '째째함'을 술기운을 빌어 성토했다.

"일요일 날 잠에서 깨어났을 때 날씨가 화창하다면 무슨 생각들 하시죠? 가까운 야외로 피크닉을 가거나, 하다못해 동네 공원으로 가 운동하거나 산책하는 생각을 하겠죠. 그런데 그 사람은 이래요. 아 날씨 좋다 이불 빨래해야겠네, 이래요. 그리고는 진짜 이불 홑청을 뜯어 빨래를 해요. 또요, 사람이 살다보면 어쩌다 실수로 지갑을 잃어버리기도 하잖아요. 그 사람은 그걸 절대로 이해 못 해요. 지갑을 잃어버리는 건 범법행위에 자신을 통째로 내맡기는 거하고 똑같다나 어쨌다나."

술기운 탓인지 평소보다 어투가 빠르다.

"꼼꼼한 성격이군. 단점만 보지 말고 장점도 봐야지."

오 선생이 타이르듯 말한다.

"암튼 그 사람하고 사 년을 한 이불 덮고 살았지만 쉽게 적응이 안 되네요."

"아이를 낳아 봐. 그러면 삶이 달라질 거다."

그녀는 무슨 말을 할 듯하다 끝내 입을 다물었다. 격의 없는 대화가 이어졌다. 술기운이 그렇게 만들었는지 모르지만 적어도 우리는 스스로에게 솔직했다. 또한 스승과 제자, 그리고 제자의 남편이라는 형식적 관계를 떠나 남자와 여자, 나아가 한 인간일 뿐이었다.

"섹스 없이 사는 부부 관계야말로 지옥이지."

오 선생의 그 말에 나는 별로 놀라지 않았다. 전에도 그와 비슷한 말을 여러 번 들은 탓이었다. 오 선생이 말을 이었다.

"그런 면에서 보면 나는 참 불행한 인간이야. 벌써 십 년째 여자 한 번 안아 보지 못했으니 말이다."

공병임 씨와 선우 씨는 오 선생이 무슨 이유로 사모님과 십 년 세월 동안 부부 관계를 하지 않았는지, 혹은 하지 못했는지에 대해 묻지 않았다. 그 점에 있어서는 나 또한 마찬가지였다. 내가 아는 게 있다면 오 선생의 나이가 사모님보다 열두 살 많고, 비록 명퇴는 했지만 오 선생은 젊은이 못지않게 성욕이 왕성하다는 것이었다. 또 건강을 유지하는 비법으로 비가 오나 눈이 오나 아침마다 뒷산 약수터를 구보로 올라갔다 내려오는데, 밥을 한 끼 굶었으면 굶었지 냉수마찰을 거르는 법이 없다. 비가 오고 눈이 오고 혹한이 닥쳐도 말이다.

날이 설핏 저물자 사람 소리는 안 들리고 비로소 계곡물 흐르는 소리가 들렸다. 우리는 자리에서 일어났다. 동동주도 도토리묵도, 추가로 시킨 파전도 다 먹었다. 된장 항아리가 있는 집으로 돌아가는 길, 운전은 우리들 중 가장 덜 취한 공병임 씨가 했다.

"가다가 초정리에서 저녁을 먹고 들어가요, 선생님."

그녀는 운전하며 손님 저녁상 차림을 걱정했다. 오 선생은 된장에 풋고추만 있으면 되니 집으로 바로 가자고 했다. 그러자 공병임 씨가 나와 선우 씨의 의견을 물었다. 우리는 전적으로 오 선생의 의견에 동감했다.

된장에 풋고추, 그리고 상추쌈에 양념에 절인 깻잎과 호박전 반찬에 보리밥을 배불리 먹고 대문을 나섰다. 공병임 씨는, 조금 있으면 남편이 온다면서 한사코 내일 아침에 떠나라고 만류했지만, 우리는 약속이나 한 듯 가야 한다면서 한목소리를 냈다.

"선생님, 언제든지 부담 갖지 말고 또 오셔요."

뒤이어 그녀는 작은 쇼핑백을 각자에게 하나씩 안겼다. 상표가 붙은 분말 청국장이었는데, 요즘 한창 뜨고 있는 웰빙 식

품으로 아침에 일어나 한 스푼씩 먹으면 변비에 좋을 뿐만 아니라 암 예방에도 효과가 좋다고 설명했다.

*

나는 어둠 속으로 승합차를 몰았다. 취기가 조금 남아 있긴 했으나 그로 인해 문제가 일어날 것 같지는 않았다. 가끔씩 마주 오는 자동차 불빛에 눈이 부셨고, 뿌리 없는 생각과 기억들이 잔가지를 쳤다. 나는 "각자 자기의 인생을 색으로 표현한다면 무슨 색일까요?"라는 물음에 대한 답을 찾기 위해 고심했다.

길은 마을과 마을을 잇고 종내에는 도시로 통할 것이다. 두 사람 다 무슨 생각에 잠겼는지 말이 없다. 어디로 가는 건지, 어디서 멈출 건지, 어디서 묵을 건지 궁금하지도 않은 모양이다. 의식은 또 생각의 잔가지에 매달린다. 아내는 왜 나의 외도를 알면서 모른 척하는 걸까? 내가 아는 아내는 적어도 그런 아내가 아니다. 무릎을 꿇린 다음 자백을 받아내고, 다시는 그러지 않겠다는 각서를 받아야 직성이 풀리는 성격이다. 아내의 평상심이 불안하다 못해 불길하다. 한 동창생의 말이 떠오른다. 어느 날 퇴근길에 아파트 경비로부터 등기우편 한 통을 받았다고 한다. 그것은 법원에서 날아온 소장이었고 원고는 그의 아내였다. 바로 그날 아침까지만 해도 아내는 평소와 다름없이 집에서 살림을 살았기 때문에 그는 그것이 배달 사고가 난 우편물인 줄 알았다. 그러나 그게 아니었다. 그의 아내는 그동안 소송을 대비해 은밀히 증거 확보를 했다고 한다. 그런 이야기 끝에 그는 "이젠 여자가 무서워." 하고 말했다.

"박 선생, 민박같은 데서 일박하면서 소주나 한잔 하지."

모텔 간판이 보이자 오 선생이 입을 열었다. 뒤이어 오 선생은 선우 씨의 의견을 물었다. 차는 저속으로 오르막길을 오르고 있었다.

"밤도 늦었으니 그렇게 해요, 선생님."

나는 적당한 모텔을 골라 들어가야겠다고 생각했다. 운전을 좀 더 해도 상관없다. 어차피 차가 가는 방향은 우리가 사는 도시 쪽이다.

"이런 데 무슨 모텔이 이렇게 많아요?"

선우 씨는 보기보다 순진하다. 오늘도 저 불 켜진 모텔의 객실마다 부적절한 관계가 맺어지고 있다. 저 숙박업이 유지되기 위해서는 하루에 수십 건의 불륜이 있어야 한다. 사정이 이러한데 언제까지 그러한 관계를 불륜이라고 매도할 것인가. 그런 건 그다지 중요하지 않다. 내 번민은 삶의 열정이 식었다는 데 있다. 삶의 열정이란, 삶의 의미를 추구하는, 또는 그러한 자세가 아닌가. 사랑이니 정의니 믿음이니 하는 좋은 말들은 다 거기서 출발한다. 어느 날 나는 내 안에 있는 열정의 샘이 말라버린 것을 확인했다. 그래서 술에 취하고 외도를 일삼는 방탕한 생활을 했다. 그러므로 예전의 나를 되찾기 위해서는 내 안에 있는 열정의 샘을 다시 발견해야 하고, 보이지 않으면 새로이 파야 한다. 그러나 나는 그 방법을 모른다. 그게 내 번민이고 괴로움이다.

"첫사랑과 결혼하는 게 가장 이상적인 결혼이 아닐까요."

무슨 말인가 끝에 그녀가 말했다. 뒤이어 그녀는 첫사랑을 소개했다.

"재주가 많은 사람이었어요. 특히 악기에 조예가 깊었죠. 우린 교회 성가대에서 처음 만났는데 저를 후배 이상으로 생각하지 않았어요. 대기업에 다니다가 그만두고 지금은 중고차 매매상을 하고 있대요. 대학을 졸업하던 무렵에 어렵게 사랑을 고백했는데 보기 좋게 거절당했지 뭐예요. 슬프고 부끄럽고 화나고, …그런 감정을 추스르는 데 몇 개월이 걸릴 정도였으니까 내가 많이 그 사람을 좋아했나 봐요. 보란 듯이 살아서 그 사람 코를 납작하게 해주겠다는 생각으로 한동안 살았어요. 최근에 사업이 어려워졌고 이혼했다는 소식을 들었어요."

"최근에 만났니?"

"아뇨. 지금은 남이 된 그 사람을 잘 아는 친구 하나가 있어요. 그 친구는 그 사람하고 같은 동네에 살았고, 그 친구를 만날 때마다 그 사람 근황을 묻곤 했지만 만나진 않았어요."

"가슴에 묻어둔 첫사랑이 아름다운 거란다."

"그렇겠죠. 다시 만나 봐야…."

그녀는 말을 맺지 못한다. 그때 그 시절 감정의 잔상이 아직까지 남아 있는 걸까. 나는 그녀가 아기를 갖지 않는 이유를 그녀의 첫사랑과 관련지어 생각해본다. 그러나 아무런 개연성이 없다. 왜냐하면 이 시대에는 자식을 갖지 않고 사는 부부가 너무 흔하다. 그러니까 그것은 그녀만의 비밀이다. 아니 어쩌면 그것은 비밀이 아니라 그녀 자신도 그 이유를 명확히 모를 것이다. 오 선생이 십 년 넘게 부부 관계를 하지 않는 이유도 그렇고 인생이란 그런 것이다. 그래서 '자기만의 생'이라는 말이 있지 않은가.

오 선생과 그녀는 잠들었다. 하룻밤 묵기에 적당한 모텔이 보였지만 나는 멈추지 않고 밤을 향하여 달렸다.

삼가 명복을 빌다

오랜만에 본 그녀는 몹시 야위어 있었다.

나는 소파에 앉아 신문을 보며 건넛방에서 새는 대화를 엿들었다.

'주위에 좋은 사람 없어? 있으면 결혼해. 요즘은 그게 흠인 세상이 아니잖니.'

'보험 하나 들어줄 거야 말 거야?'

'어떡하지. 우린 이미 생명보험, 암보험, 교육보험 다 들었는데. 이렇게 올 거라면 좀 일찍 오지 않고 왜 이제 왔니.'

나는 그렇게 말하는 아내가 좀 야속했지만 그렇다고 해서 그 대화에 불쑥 끼어들 순 없었다. 한동안 침묵이 흘렀다.

'할 수 없지 뭐.'

'얘, 잠깐. 이렇게 온 김에 차나 한 잔 하면서 얘기나 좀 하고 가.'

'미안해. 너처럼 한가하질 못해서.'

그녀가 거실로 나왔고 나와 시선이 마주쳤다. 나는, 좀 더 놀다 가지 않고 왜 이리 빨리 일어나느냐고 말했다. 등을 돌린 그녀는 현관문을 열고 밖으로 나갔고, 배웅 나간 아내가 잠시 후 들어왔다.

"형편이 많이 안 좋은 것 같은데 보험 하나 들어주지 그랬어."
"걔 형편은 뻔히 알지만 그렇다고 해서 이중으로 보험을 들 순 없잖아요."

나는 짐짓 다시 신문을 펼쳐 들었다. 시선은 활자에 가 있었지만 아까부터 생각은 줄곧 다른 곳에 가 있었다.

그녀의 남편을 처음 만난 그날, 하늘은 유난히 높고 푸르렀다. 그날 나는 여느 주말과 마찬가지로 아내에게 반강제로 이끌려 아파트를 나섰다. 때는 5월이어서 성당 출입문으로 이어진 붉은 벽돌 담장에는 넝쿨장미꽃이 만발했고, 무언가에 빨려 들어가듯 신자들이 성당 안으로 분주히 발걸음을 옮겼다. 신자들은 성모상 앞에 잠시 멈춰 선 뒤 두 손을 모두고 목례를 올렸다.

실내로 들어간 아내와 나는 가운데쯤 자리를 잡았다. 제단과 십자가에 못 박힌 예수상이 정면에 보였고, 양쪽 벽면에는 십자가를 진 채 골고다 언덕을 올라가는 예수의 모습을 조각한

'십자가의 길 14처' 동판이 보였다. 아내는 하얀 미사포를 머리에 쓴 뒤 성호를 그으며 하느님을 영접할 준비를 했다. 이윽고 파이프오르간 소리가 울려 퍼졌다.

― 천사의 말을 하는 사람도 사랑 없으면 소용이 없고 심오한 진리 깨달은 자도 울리는 징과 같네…….

나는 갑자기 소변이 마려웠다. 그 생리현상은 마치 꾀병처럼 하느님을 믿지 않는 자의 미사 회피용 핑곗거리였지만, 뇌가 인식을 그리하여서인지 실제로 소변이 마려웠다. 입을 벙긋거리며 성가를 부르고 있던 아내는 내가 자리에서 일어나려 하자 인상을 찌푸리며 상의 자락을 잡았다.

"진짜 소변이 마렵다니까."

나는 아내의 제지를 무시한 채 신도들의 무릎을 스치며 어렵사리 벽면 통로로 빠져나왔다. 제단에서 미사를 거행하는 신부님의 시선이 몸에 달라붙는 듯했다. 지각을 해 자리를 잡지 못한 신도들이 출입문 근방에 선 채로 미사에 참례하고 있었고, 나는 그들을 비집고 성당 밖으로 나왔다. 성가 소리는 더 이상 들려오지 않았다.

성당을 빠져나오자 희한하게도 요의가 싹 가시었다. 간절하게 담배를 피우고 싶었지만 주머니 속에 담배가 없었다. 마당을 둘러보니 아이 서너 명이 뛰어놀고 있었다. 나는 아는 사람들, 이를테면 사무장이라든가 신심이 돈독한 이웃에게 발각될까 봐 염려되었다. 어쨌거나 그들의 눈에 띈다는 건 평판에 좋지 않은 영향을 미칠 뿐만 아니라 미사 시간에 농땡이 친 사실이 아내의 귀에 들어갈 터였다.

나는 사방을 둘러본 뒤 사람들 눈을 피해 성당 뒷마당으로 발걸음을 옮겼다. 그때 한 낯선 사내가 눈에 띄었다. 그는 그곳에 일찌감치 자리를 잡은 듯 붉은 벽돌담에 등을 기댄 채 느긋하게 담배까지 피우고 있었다. 언뜻 든 느낌으로 신도가 아니라 성당에 무슨 볼일이 있어 온 사람 같이 보였지만, 그곳이 성당 울타리 안이고 더구나 미사 시간 중이었으므로 외부인이라고 단정 지을 수만은 없었다. 나는 그를 유심히 쳐다보았고 한눈에 정상인이 아니라는 걸 눈치 챘다. 그렇다고 해서 신체의 어느 부위가 불구라는 뜻이 아니라 어딘가 모르게 폐인 같은 느낌을 주는 사내였다. 예사로운 폐인이 아니라 세상과 어울릴 수 없는 신념이나 지식으로 인해 그리된 듯한 인상을 짙게 풍기고 있었다.

나는 조금 더 가까이 그 사내 앞으로 다가섰다. 담배를 피우고 있는 손은 떨고 있었고 허름한 옷차림과 장발, 갸름하면서 깡마른 얼굴이 흡사 눈을 부릅뜬 예수 같았다. 나는 저렇듯 초췌한 몰골과 손을 떠는 이유가 필시 도수 높은 술 탓일 거라고 지레짐작했다. 하여튼 그가 내뿜는 담배 연기는 고소하기가 이를 데 없었다. 나는 천천히 붉은 벽돌담에 기대어 쪼그려 앉은 그에게 다가섰다. 담배나 한 대 얻을 요량이었고, 잘하면 성당 안으로 들어가지 못하고 바깥을 맴도는 곡절을 들을 수도 있을 터였다. 또한 그 곡절은 필시 뼈 가죽만 남은 몰골과 남루한 차림새와 연관이 있을 터이고, 그런 내 행동은 비록 치마폭 신자이긴 하지만 이웃을 사랑하라는 성서의 가르침을 실천하는 것이기도 했다.

"안녕하십니까, 형제님?"

나는 그렇게 말하며 씽끗 웃었다. 그가 힐끔 고개를 돌려 나를 바라보았다.

"지금 나한테 말하는 거요?"

"여기 형제님 말고 누가 또 있습니까. 우리 인사나 나누시죠. 저는 박 베드로라고 합니다."

"우리요? 나를 아시오?"

나는 당황했다. 젊은이들 사이에 까인다는 말이 유행이지만 내가 그렇게 까일 줄은 차마 몰랐다.

"성당 안으로 들어가지 않고 이렇게 바깥에서 미사가 끝나기를 기다리는 걸 보니 마치 동지를 만난 것 같습니다."

그러자 그는 담배꽁초를 땅바닥에 버린 뒤 운동화 바닥으로 짓뭉개며, 별 싱거운 사람 다 보겠다는 투로 나를 빤히 쳐다보았다. 그런 태도로 미루어보아 영세를 아직 받지 않은 사람이 분명했다. 그렇게 판단한 근거는, 비록 성당 밖을 맴돌지라도 영세를 받은 사람이라면 농땡이가 분명하고 따라서 서로 겸연쩍은 미소를 짓기 마련이지만, 그는 전혀 뜻밖의 언행으로 나를 깠기 때문이었다.

"성당에 다니는 분이 아닌 것 같습니다."

"그래서 그게 어쨌다는 거요."

사뭇 공격적 어투 탓에 나는 담배 한 대 얻어 피우겠다는 심산이 일거에 사라졌다.

"아아 오해하지 마세요. 그냥 궁금해서 물어본 거니까요."

나는 두 손바닥을 펴 보이며 말했다.

"나 같은 사람은 성당에 오지 말라는 법이라도 있소?"

"뭔 말씀을 그리 험악하게…."

그의 도발적 언행에 대책이 서지 않았다.

"난, 마누라와 어머니를 기다리고 있는데 그게 잘못되기라도 했소?"

나는 잘못된 건 하나도 없다고 그에게 말하면서, 신경 계통의 질환을 앓고 있는 사람이 아닌가 하고 의심했다.

"아 부인과 어머님이 신자로군요?"

그 자리에 멀거니 있는 게 어색하여 나는 또 그렇게 물었다. 그런데 그의 태도는 조금 전과 판이하게 다른, 풀기가 폭삭 죽은 태도여서 기분이 좀 묘했다. 나는 한 번 더 숫기를 발휘하여 그의 곁으로 다가선 뒤 같은 자세로 쪼그려 앉았다. 그러자 예상 밖으로 사내는 엉덩이를 뭉싯거려 곁을 조금 내주었고, 곁에 앉자 알코올 냄새가 훅 끼쳤다.

"대낮부터 술을 자셨군요?"

순간 그는 무엇엔가 놀란 듯 나를 노려보았다. 나는 동굴처럼 깊숙이 파인 두 눈동자의 핏발과 광기 어린 안광을 보았다.

"당신 코는 개코요?"

그 퉁바리는 듣기 여하에 따라서 상대방을 모욕하는 것일 수도 있었지만 좋게 새겨서 듣기로 했다. 은근히 치밀어 오르는 부아를 누르고 있는 그때 찍찍 하고 생쥐 울음소리가 났다. 나는 주위를 두리번거렸다. 쥐는 보이지 않았고 분주히 움직이는 개미의 새까만 행렬만 눈에 띄었다.

— 녀석, 배가 고픈 게로군.

그는 그렇게 중얼거리며 주머니 속에서 생쥐 한 마리를 꺼내 손바닥 위에 올려놓았다. 햄스터라고 하는 애완용 생쥐였다. 빛에 노출되어 그런지 생쥐는 계속해서 찌익찌익 하고 울었다. 그는 오른손 검지로 햄스터 등을 쓰다듬었다. 나는 인상을 찡그리며 옆으로 물러나 앉은 뒤 생쥐에 열중하고 있는 그의 모습을 관찰했다. 그는 생쥐를 넣고 오른쪽 상의 주머니에서 노란 좁쌀을 꺼내 손바닥 위에 올려놓았다. 생쥐는 그 작은 입을 오물거리며 빠른 속도로 좁쌀을 먹어치웠다.

"좀 징그럽지 않나요?"

그가 고개를 휙 돌려 나를 쳐다보았다.

"징그러운 건 이 녀석이 아니라 바로 당신 같은 사람들이라오."

그의 태도는 상대방 존재 따윈 안중에도 없고 따라서 막말을 해도 괜찮다는 듯했다. 순간 나는 두 주먹을 불끈 쥐고 심호흡을 했다. 똥은 무서워서 피하는 게 아니라 더러워서 피한다는 말대로 나는 즉시 그 자리에서 일어났다. 그리고는 성모상 주위를 서성거리며 미사가 끝나기를 기다렸다.

성가를 부르는 합창 소리가 희미하게 들려왔다. 나는 휴대폰으로 시계를 보았다. 미사를 마치는 합창 소리였다. 잠시 후 신자들이 밖으로 나오기 시작했다. 나는 마당 귀퉁이에 서서 아내를 찾았다. 건물 안에서 한꺼번에 빠져나오는 신자들로 인해 마당은 혼잡했다. 성모상 앞에서 누군가와 이야기하고 있는 아내를 발견하고는 그리로 다가갔다.

"여보, 인사하세요. 나하고 젤 친하게 지냈던 여고 동창이에요. 지난주에 이 동네로 이사 왔대요."

그녀는 돌이 갓 지났음직한 아이를 포대기로 업고 있었는데 그 모습이 신기하기도 하여서 한동안 시선을 돌리지 못했다. 아이를 포대기로 업은 모습이 오래된 골동품을 보는 것처럼 생경했다. 그녀 옆에는 비녀 쪽머리의 백발 노파가 무덤덤하게 서 있었다. 나중에 알았지만 그 노파는 그녀의 시어머니였다. 나는 허리를 굽히며 의례적인 인사말을 했다. 그때였다.

"이봐, 빨리 안 오고 거기서 뭐해!"

몹시 화가 난 한 사내가 버럭 소리를 지르며 다가왔다. 손바닥에 생쥐를 올려놓고 쓰다듬던 사내였다. 그녀는 남편의 무례한 언행에 얼굴을 붉히며 어찌할 바를 몰랐다.

"여보, 인사하세요. 이쪽은 고교동창 정애고 이쪽은 정애 남편이에요."

아내가 활짝 웃으며 말했다. 아내의 그 어색한 웃음은 짐짓 사내의 무례한 언행을 희석하기 위한 것이었다. 그렇게 말하는 아내의 태도로 미루어 아내는 진즉 그 기인을 알고 있었던 듯했다. 나는 어정쩡하게 손을 내밀었다.

"이렇게 다시 만나게 되어 반갑습니다."

그도 어쩔 수 없었는지 내민 내 손을 잡았다. 마치 천 조각을 잡은 듯 그의 손이 흐느적거렸다.

사내의 집은 재개발 지역으로 고시된 주택가였고 내 집은 아파트 단지 쪽이었으므로 그들과 우리 부부는 성당 앞 횡단보도에서 헤어졌다. 나는 길을 걷다가 뒤돌아 그들의 뒷모습을 보았다. 포대기로 아기를 업은 그녀가 시어머니를 부축하며 걸어가고 있고, 사내는 저만치 앞에서 식솔들을 외면한 채 걸어가고 있었다.

"그 작자 대체 뭐 하는 사람이래?"

집으로 걸어가며 나는 아내에게 물었다.

"그런데 당신 말투가 왜 그래요?"

"왜? 내 말투가 어때서?"

아내가 발걸음을 멈추고 나를 바라보았다. 나는 그를 만나게 된 경위를 대충 이야기했다.

"똑같은 마귀들이야 정말."

미사 참례 도중에 성당을 빠져나온 행위를 두고 아내는 그렇게 표현했다.

"그 사람 좀 이상하지 않아?"

"뭐가요? 오늘 성당에 첨 나와 서먹서먹해서 그랬을 거예요."

"뭐 하는 사람이래?"

"S 대학을 장학생으로 입학한 수재라는데 지금은 집에서 놀고 있다지 뭐예요. 그래서 정애가 속깨나 썩는 모양이더라고요. 시집을 잘못 가도 한참 잘못 갔지 뭐예요. 남편 잘못 만나서 그렇지 걔 학교 다닐 때 인기가 대단했어요. 총각 선생님들이 걔한테 눈독을 들일 정도였으니까요. 그런 정애가 시집가서 저렇게 변할 줄 누가 알았겠어요."

"듣고 보니 딱한 사람이네."

"그 사람이 어째서 딱해요. 딱한 건 그 사람이 아니라 바로 내 친구 정애라고요. 따지고 보면 그 사람만큼 팔자 늘어진 사람도 없다구요."

"그건 또 무슨 소리야?"

"잘살아 보려는 노력은커녕 정애가 벌어온 돈으로 허구한 날 술만 마셔댄다지 뭐예요. 게다가 지금 살고 있는 집도 월세에다가 그마저 단칸방이래요. 나 같았으면 진작 이혼했을 거예요."

"허구한 날 술만 마셔대는 이유가 대체 뭐래?"

"내가 그걸 어떻게 알아요. 정애 말로는 알코올중독에다 정신분열 증세까지 보인다지 뭐예요. 그런 남편을 성당에 데리고 온 것도 알고 보면 어떻게든 정상인으로 만들기 위한 걔 나름대로의 눈물나는 노력이구요. 한마디로 사회에 적응하기 힘든 사람인가 봐요."

"S대학을 장학생으로 입학한 수재라면서?"

"수재면 뭐해요. 현재가 그 모양인데. 공부 잘 한 과거가 무슨 소용이겠어요. 정애가 불쌍해요. 신앙이 깊기 망정이지 그렇지 않았음…."

"그렇지 않았으면?"

"그렇지 않았으면 벌써 쓰러지거나 죽거나 가정이 풍비박산 났을 거예요. 그나마 가정을 유지하고 사는 건 순전히 신앙의 힘이에요. 정애는 지금 그거 하나로 버티고 살아요. 하느님은 자신이 질 수 있는 십자가만 준다고 했건만 정애 십자가가 너무 무거워요."

우리는 횡단보도 붉은 신호등 앞에서 멈추었다. 잠시 후 파란불이 들어왔고 우리는 다시 발걸음을 옮겼다. 자동차 왕래가 뜸한 가로수 길을 걸으며 나는 성당 건물 뒤에서 만난, 한 사내를 줄곧 생각했고 두 번 다시 만나고 싶지 않았다.

그 사내와 성당 앞에서 헤어지고 나서 며칠이 지난 어느 날 밤이었다. 막 잠자리에 들려고 이불을 펴는데 느닷없이 아내의 휴대폰이 울렸다. 아내는 휴대폰을 들고 거실로 나갔다. 방 안으로 어렴풋이 들려오는 대화로 미루어 성당에서 만난 아내의 여고 동창생인 듯했고, 여자들의 수다라고 하기에는 좀 지나치다 싶을 정도로 길게 통화가 이어졌다.

"무슨 급한 일이기에 이 시간에 전화를 다 했어?"

아내가 휴대폰을 내려놓자마자 나는 물었다.

"도움이 필요하대요."

나는 뜬금없는 그 말의 자초지종을 물었다. 아내는 내일 정애를 만나서 자세한 얘기를 들어봐야 알겠지만하고 단서를 붙인 뒤 말했다.

"글쎄, 그 사람이 자살을 기도했다지 뭐예요."

"뭐? 죽었대? 살았대?"

나는 이웃집 개의 생사를 묻듯 말했다.

"다행히 어떤 사람에게 발각되어 119가 병원으로 싣고 갔나 봐요."

아내는 진심으로 그녀를 걱정했다.

"헌데 뭘 도와달래?"

"당신이 그 사람을 한번 만나서 다시는 자살 같은 거 하지 않도록 좀 선도해 달라고 부탁하네요."

"뭐? 내가?"

"정애가 당신을 잘 봤나 봐요."

그러나 나는 자신이 없었다. 성당 건물 뒤에서 그를 처음 대면했을 그는 나에게 모멸감을 주지 않았던가.

"난 못 해. 아니 자신이 없어."

"왜죠?"

"당신도 알다시피 난 신심도 부족하고 더구나 나 자신의 감정도 다스리지 못하는 주제에 누굴 선도한단 말이야. 만약 내가 그 사람을 선도하겠답시고 나섰다가는 그 사람에게 무슨 봉변을 당할지 몰라."

"봉변이라뇨?"

"당신도 봤지만 그 사람 캐릭터가 어지간해야 말이지. 솔직히 말해 그런 캐릭터는 머리 털 나고 첨이야."

"성당에서 두 사람 사이에 뭔 일이 있었어요?"

나는 미사 때 성당 건물 뒤편에서 그와의 조우를 이야기했다.

"그때 하느님이 당신을 그리로 불렀다고 생각해요. 사람 하나 살리는 셈치고 정애의 부탁을 들어줘요. 오죽했으면 당신 같은 사람에게 부탁을 다 하겠어요."

결국, 나는 사람 하나 살리는 셈 치라는 아내의 부탁을 들어주기로 했다. 그를 다시 만나, 그가 즐긴다는 술을 가운데 두고 뜻한 바대로 되지 않는 인생과 세상에 대해 허심탄회한 의견을 주고받으면 될 터였다. 그런 다음 삶의 허무를 안주 삼아 작금의 병들고 부패한 사회를 강도 높게 비판한 뒤 결론에 가서는, 그럼에도 불구하고 죽는 것보다 사는 게 현명한 판단이라고 설득하면 될 것이고, 거기다 이 세상은 아직은 살만한 세상이라는 말을 덧붙이면 금상첨화일 터였다.

그로부터 며칠이 지난 어느 날 저녁, 아내는 위장을 세척한 그가 퇴원하여 집에 있다는 소식을 내게 전했다. 그리고는 그녀에게 전화를 걸었고, 어찌어찌하다 그 사내와 통화를 하게 되었다. 이 모든 게 아내와 그녀가 사전에 모의를 한 결과였다.

"안녕하세요, 박 베드로입니다."

"……"

"형제님, 박 베드롭니다. 만나서 커피나 한 잔 하시죠."

"커피 말고 술이나 한잔 사쇼."

"아 네, 사고말고요. 우리 어디서 만날까요?"

"중앙 시장 동해어장이라는 술집이 있어요. 거기서 6시에

봅시다."

나는 어려운 부탁을 들어준 상대방에게 하듯 연신 고맙다고 말했다.

사내와 만나기로 그날, 약속 시간이 다가오자 내 마음은 가볍게 떨렸다.

"잘하세요. 당신은 해낼 수 있을 거예요."

약속 장소로 가기 위해 집을 나서는 나에게, 아내는 마치 운동 경기에 나가는 선수를 격려하듯이 말했다. 거기다 거사 비용까지 듬뿍 쥐여주었다.

만나기로 한 중앙 시장 동해어장은 큰 사거리 부근에 있었고, 시장 상인에게 물어 동해어장 문을 열고 안으로 들어섰을 때 뜻밖에 그가 먼저 와 안주도 없이 홀로 술잔을 기울이고 있었다. 나는 천천히 그가 앉아 있는 창가 쪽 자리를 향해 걸어갔다. 그는 탁자 위에 생쥐를 올려놓고 검지로 쓰다듬고 있었다.

"오랜만에 뵙습니다."

나는 허리를 굽혀 정중하게 먼저 인사했다. 붕대를 감고 있는 그의 왼쪽 팔목이 먼저 눈에 들어왔다. 위장을 세척했다고 들었는데 손목까지 그은 듯했다. 나를 본 그는 생쥐를 주머니 속에 도로 집어넣었고, 나를 응시하는 퀭한 눈동자의 안광에서 광기가 뿜어져 나왔다.

"제가 좀 뵙자고 한 건 다름이 아니라…."

말문이 막혔고 엉거주춤 선 채 어색한 침묵이 흘렀다.

"알아요. 마누라들이 작당해서 당신이 여기까지 왔다는 걸."

그는 잠바 주머니 속에서 생쥐를 꺼내 손바닥에 올려놓은 뒤 검지로 등을 쓰다듬기 시작했다. 그는 담배를 입에 문 뒤 햄스터를 올려놓지 않은 왼손으로 라이터를 켰다.

"저도 한 대 피워도 될까요?"

"그럭하쇼."

한동안 끊었다가 다시 피우는 담배라 그런지 연기 맛이 달았다. 그때 종업원이 다가왔고, 나는 숭어회 한 접시와 소주를 시켰다.

"다름이 아니라…."

조심스럽게 말을 꺼내는데 그가 말허리를 잘랐다.

"당신이 무슨 말을 하고 싶은 건지 대충 알고 있으니 설교 따월 할 생각은 아예 마쇼. 마누라한테는 형씨에게 좋은 말 많이 들었다고 할 테니까 소주나 한잔 마시고 일어납시다."

"아 네."

나는 열패감이 들었지만, 서둘지 않기로 했다.

"S 대학을 수석 합격했다고 들었습니다."

"어떤 미친놈이 그런 말을 해요."

아내에게 그 말을 들었으므로 그 순간 아내는 미친놈이 되었다. 나는 정신과 의사가 환자와 내담(內談)하듯 조심스러웠다. 내가 다시 말했다.

"대기업에 다니셨다면서요?"

그렇게 말한 뒤 그의 반응을 살폈다. 그 말이 효과가 있었는지 마침내 그는 입을 열었다.

"그런데요?"

그렇게 반문하는 것인즉슨 그게 지금 이 상황하고 무슨 상관이냐는 말이었다.

"아무나 들어가는 회사가 아니잖아요."

나는 상대방을 높여주었다.

"아무나 들어갈 수 있어요."

"에이, 무슨 말씀을! 길가는 사람 아무나 막고 물어봐요. 대기업에 아무나 들어갈 수 있나."

그때 종업원이 와서 주문한 숭어회와 소주를 탁자에 올려놓았다.

"그런데 말입니다, 이런 상황이 좀 웃기지 않나요."

"웃겨요? 난 되게 진지한데."

아무리 아내가 부탁을 했다고 해도 시쳇말로 맛이 간 사내에게 쩔쩔매는 나 자신을 이해할 수 없었다. 나는 그에게 아무런 부채도 없을 뿐만 아니라 서로 익명이라면 익명일 수도 있는 사이였다.

"캬크크크……"

소주잔을 비운 그가 칠면조처럼 기괴한 소리로 웃기 시작했다. 그 소리에 손님들 시선이 이쪽으로 쏠렸다.

"아니, 왜 웃습니까?"

그는 갑자기 웃음소리를 뚝 그치며 상체를 내 얼굴 앞으로 바싹 끌어당기며 나를 노려보았다. 광기어린 그 안광에 나는 순간적으로 위협을 느꼈다.

"당신이 지금 날 웃기니까 웃지."

그 자리에서 벌떡 일어나고 싶었지만 꾹 참았다. 퍼뜩 이런 생각이 들었다. 이 작자는 지금 나를 비웃고 있다. 나를 비웃는 것은 곧 세상을 비웃는 것이고, 그렇게 해서 자신의 비참함을 견디는 것이다.

"시대와 불화가 너무 깊으면 병이 됩니다."

"시대와 불화? 진짜 시대와 불화 같은 소릴 하시네."

이번에는 기괴한 소리로 웃진 않았다. 나는 말문이 막혔고 그는 자작으로 소주잔에 술을 따라 마셨다. 잠시 후 그가 입을 열었다.

"그렇게 보고만 있지 말고 한잔해요. 안주도 좋은데. 여기 나온 걸 후회하쇼?"

"후회 안 합니다."

"그럼 다행이고. 한잔하라니까 뭐하쇼?"

그렇게 말한 뒤 그는 내 앞의 빈 소주잔에 소주를 채워주었다. 나는 그의 태도에 화가 좀 나기도 해서 소주잔을 단숨에 비웠다.

"그런데 말입니다. 난 솔직히 말해서 선생이 좀 안돼 보입니다."

"안 돼 보인다는 게 뭔 말입니까? 불쌍하다 뭐 이런 뜻인가요?"

"그런 뜻보단 이해가 잘 안 됩니다. 뭐 하나 물어도 되요?"

"물어봐요."

"S대를 졸업한 수재가 왜 이렇게 사는지 난 당최 모르겠습니다."

"S대를 나온 건 맞지만 수재는 아니고, 그럼 S대 졸업한 수재는 어떻게 살아야 하는 거요?"

그는 말문을 막는 데 특별한 재주가 있었다.

"좀 잘 살아야 하지 않겠습니까, 애도 있는데."

"잘 사는 게 어떤 거요?"

이쯤 되면 그는 구타 유발자였다. 그는 주머니 속에서 햄스터를 꺼내 손바닥에 올려놓은 뒤 검지로 등을 쓰다듬었다. 사람들이 그의 기이한 행동을 흘깃흘깃 보았지만 그는 그런 시선을 조금도 신경 쓰지 않았다. 그는 안주를 거의 먹지 않은 채 소주를 5병이나 비우고 자리에서 일어났다. 나도 주량을 넘어 소주를 한 병이나 비웠다.

이튿날 퇴근 후 집으로 돌아온 나는 그녀의 전화를 받았다. 그날 그는 술에 취하긴 했지만 새벽에 무사히 귀가했고, 그리고 부탁을 들어줘서 고맙다고 말했다. 나는 아무런 도움이 되지도 못했으므로 그런 말을 들을 자격이 없다고 말했다. 그녀는 거듭 감사하다고 말했다.

그로부터 서너 달 지난 어느 겨울밤이었다. 회사에서 야근을 한 터라 몸이 물 먹은 솜뭉치처럼 무거웠지만 여느 때처럼 지하철역에서 집까지 운동 삼아 걸어 퇴근하고 있었다. 녹슨 굴삭기가 방치된 공터를 지나칠 때였다. 차도와 인도 경계석에 웬 사내가 로댕의 조각 생각하는 사람처럼 턱을 괸 채 앉아 있는 게 보였다. 나는 속으로, 저 사람 취했군, 하고 중얼거리며 사내의 얼굴을 힐끔 쳐다보았다. 어둠 속에 희미하게 드러난 얼굴은 햄스터를 주머니에 넣고 다니는 바로 그 사람이었다. 나는 발걸음을 멈춘 뒤 그에게 말했다.

"이봐요, 일어나요. 위험합니다."

아닌 게 아니라 차들이 속도를 내고 있었고, 음주 운전자나 졸음 운전자에 의해 사고를 당할 수도 있었다. 거기나 날도 추웠다. 나는 다가서 그의 팔을 잡아끌었다.

"뭐야?"

그가 갑자기 상체를 벌떡 일으켰고 나는 한 걸음 뒤로 물러났다.

"여기 이러고 있다가 사고를 당할 수도 있어요."

"상관 마쇼!"

허공으로 팔을 한 번 휘저은 뒤 그는 도로 주저앉았다. 나는 잠시 숨을 돌리며 어떻게 처신해야 할지를 생각했다. 자동차 서치라이트 불빛이 그를 비추었고, 차가 지나가면 다시 어둠에 묻혔다. 나는 한동안 그 자리에 어정쩡하게 서 있었다. 그를 놔둔 채 집으로 갔다가는 십중팔구 사고를 당할 터였다. 야근으로 피곤한데다 우연히 맞닥트린 이런 상황이 어이가 없기도 해서 갑자기 짜증이 확 치밀었다.

"미친 척 그만하고 일어나 새꺄!"

그러자 그가 벌떡 상체를 일으켜 세웠다. 그리고는 몽롱한 눈빛으로 나를 쳐다보았는데 아직 내가 누군지 모르는 눈치였다.

"여기서 이러지 말고 우리 어디 가서 술 한 잔 더 합시다."

알코올 중독자에게 그 말은 확실히 효과가 있었다. 그는 스스로 몸을 일으켰다. 그는 내가 따라오든지 말든지 비틀거리며 앞장서 걸었다. 우리는 재래시장 순대집 안으로 들어갔다. 손님은 아무도 없었고 주인 여자가 행주로 탁자를 훔치고 있었다.

"여기 쐬주 한 병하고 순댓국 두 그릇."

그는 내가 누군지 알아챈 듯했다.

"도대체 왜 이렇게 삽니까? 이 세상에 독불장군은 없어요. 누군 뭐 이 더러운 세상이 좋아서 사는 줄 압니까? 다 살기 위해서, 여우같은 마누라와 토끼 같은 새끼를 먹여 살리기 위해서 싫지만 아양도 떨고 아부도 하고 그러고 사는 겁니다. 당신도 거기서 예외일 순 없어요."

나는 진심을 담아 그렇게 말했다. 그때 주인 여자가 다가와 술에 취한 그의 상태를 살펴보며 영업이 끝났다고 말했다.

"그러지 말고 한 잔만 줘. 딱 한 잔만 먹고 갈 테니까."

그가 사정조로 말했다.

"딱 한 잔만 들고 가시구랴."

취객의 심기를 건드리지 않으려는 눈치가 역력한 말투로 미루어보아 그는 그 집 단골인 듯했다. 잠시 후 주인 여자가 소주와 뚝배기 순댓국과 새우젓을 탁자에 내려놓았다. 그는 재빨리 병마개를 딴 뒤 나발을 불었다. 그의 안중에 나란 존재는 없는 듯했다. 나는 자작으로 잔을 채웠지만 그 잔을 비우진 않았다.

"뭘 하는지 잘 모르지만 요즘 일이 잘 안 풀리나 봅니다."

"인간이 하는 일이 잘 되면 얼마나 잘 되고 또 안 되면 얼마나 잘 안 되겠소."

참 기이한 대답이었다. 어쨌든 나는 그 말 속에서 한 인간의 허무를 읽었다.

"하느님을 믿어볼 생각은 없어요?"

돌이켜보면 그때 왜 그런 뜬금없는 말을 했나 싶다.

"거 웃기는 소리 좀 작작하쇼. 믿음이 필요한 건 내가 아니라 당신인 것 같은데."

그는 맥주잔에 스스로 소주를 따라 들이켰다.

"처자식과 노모를 봐서라도 마음을 좀 잡아야지, 안 그래요?"

그 말이 신경에 거슬렸나 보았다. 그는 일순 동작을 멈춘 뒤 나를 뚫어져라 쳐다보았다. 나는 그 시선을 맞받았다. 이상하게도 그 눈빛은 지난번과는 달리 광기가 빠진 소의 눈빛이었다.

"내 마누라하고 당신 마누라하고 동창이라지요. 내가 보기에 당신은 호색한이야. 내 마누라가 탐나서 나한테 술도 사고… 어디 한번 재주껏 해보쇼. 아직은 쓸만하니까. 호호호…."

기가 찰 노릇이었다.

"이거 봐요, 말이면 다 같은 말인 줄 아쇼."

내 어투도 어느새 그의 어투처럼 변해버렸다. 그는 시선을 돌려 입구 쪽 진열대에 올려놓은 돼지머리를 바라보며 동문서답했다.

"돼지는 죽어서 대가리를 남기고…."

"대가리만 남기나, 고기도 남기지…."

나는 장단을 맞추기라도 하듯 응수했다. 앞치마를 벗고 일손을 놓은 술집 주인 여자가 한심하다는 표정으로 아까부터 이

쪽을 쳐다보았다.

"영업 끝내야 되는데…. 근데, 친구 아닌가 봐요?"

"아 네. 이분 아내하고 제 집사람하고 동창생입니다."

"그럼 친구 맞네요."

"친구요? 그런 사이 아닙니다."

나는 계산을 마치고 밖으로 나왔다. 그는 아직 탁자에 앉아 있었다. 그를 귀가시키는 건 나보다 술집 주인 여자가 제격이지 싶었다. 나중에 이 상황을 두고 안전귀가 책임을 운운해도 어쩔 수 없었다.

집으로 돌아온 나는 아내에게 귀갓길에 그를 만났다는 말을 하지 않았다. 그를 안전하게 귀가시키지 못한 데 대한 책임을 지고 싶지 않았고, 괜히 긁어 부스럼을 만들 필요가 없었다. 그 대신 아내가 차려준 늦은 저녁을 먹으며, 그가 폐인이 된 연유를 물었다.

"정애 말로는 회사 잘 다니던 사람이 갑자기 사라졌고, 일주일 뒤에 집에 들어왔대요."

"그동안 실종 신고하고 난리도 아니었겠네."

"말해 뭐해요."

"근데 그건 왜 물어요?"

"갑자기 그냥 궁금해서."

그날 밤 이후 나는 그를 더 이상 만나지 않았다. 만나지 않앉았다는 건 의지의 표현이므로 그의 얼굴을 보지 못했다는 게 정확할 것이다. 어쨌거나 나는 성당에서도 거리에서도 그의 모습을 보지 못했다. 아내는 그의 근황을 알 수도 있었을 테지만 일부러 내게 그걸 말할 필요는 없었고, 나는 나대로 사는 데 바빠 그의 소식을 묻지 않았다.

그러던 어느 해 봄, 그가 죽었다는 소식을 들었다. 아내는 함께 조문 가야 한다고 말했으나 나는 거절했다.
"내가 꼭 거기 가야 할 이유라도 있어? 난 그 사람 친구도 뭐도 아니잖아."
"인간적 도리를 좀 지켜요."
"인간적 도리? 조문을 가면 인간적 도리를 지키는 거고, 그렇지 않으면 인간적 도리를 저버리는 건가?"
"서로 모르는 사람도 아니고 친한 사이는 아니었지만 그래도 몇 번 만났잖아요."
"그래, 몇 번 본 게 다지. 그래서 그게 뭐 어쨌다고. 가고 싶으면 당신이나 갔다 와."
"왜 이렇게 변했어요. 내가 아는 당신은 참 따뜻한 사람이었는데…."
"사는 게 매일 매일 전쟁인 사람한테 낭만에 초 쳐 먹는 소리하고 있네."

"당신 정말 이렇게 비인간적 발언을 계속할 거예요?"

인간의 도리를 다해야 한다는 아내의 윤리를 이겨 먹을 명분은 없었다. 있다면 우격다짐이고 그건 곧 가정파탄을 의미했다. 결국 나는 아내와 함께 조문을 갔다.

병원 지하 영안실로 들어서자 짙은 향내가 풍겼다. 사람들로 붐비는 영안실은 각 호실로 구분되어 있었는데, 영안실마다 화환이 겹쳐 세워져 있을 정도로 붐볐다. 아내는 한산하다 못해 썰렁한 영안실로 들어갔다. 영정 앞에 앉은 그녀는 얼굴을 떨군 채 망연자실해 있었다. 영정 사진 속에 빛나는 젊은 시절의 고인이 해맑게 웃고 있어 한순간 영안실을 잘못 찾아 들어오지 않았나 하고 의심했다. 검은 상복을 입은 그녀가 우리 부부를 알아보고 자리에서 일어났다. 얼굴이 퉁퉁 부어 있었다. 나는 부의금 함에 봉투를 넣은 뒤 향을 사르고 영정에 절했다.

"뭐라 위로의 말씀을 드려야 할지…."

그녀는 아무런 말도 하지 않았다. 황망히 영안실을 빠져나와 주차장으로 가면서 하늘을 올려다보았다. 하늘은 한 인간의 죽음과 전혀 상관없이 높고 푸르렀다.

"사인이 뭐래?"

비록 억지 춘향이긴 하지만 인간의 도리를 다한 것에 대한 표시로 좀 퉁명스럽게 물었다.

"사인이라뇨?"

"어떻게 죽었느냐고?"

그러나 아내는 말하지 않았다. 마치 그걸 말하는 건 불경스런 일일 뿐만 아니라 인간의 도리가 아니라는 듯. 그래서 상상에 맡기겠다는 듯. 영안실을 다녀온 게 인간의 도리를 다한 건지는 알 순 없지만, 어쨌거나 그날 삼가 명복을 빌었던 것으로 기억한다.

해설

아우라 없는 복제들의 세상

조영범(문학평론가)

주제가 없는 소설은 없다. 이 말을 거꾸로 보면 주제가 없다면 소설도 없다는 뜻이다. 작품의 전체적인 분위기를 포함한 스토리 전개는 주제의 구현을 위해 존재한다. 그러므로 주제란 이야기의 전개과정에서 이야기에 대한 어떠한 견해를 드러내는 것이다. 그것은 하나의 소설 작품이 이야기를 전개해가면서 도달하게 되는 지점으로 인물과 사건의 중요성, 그리고 그것에 대한 해석이기도 하다. 즉, 그것은 작품 전체를 관통하는 삶의 보편적이고 통합적인 견해라 할 수 있다.

문학 주제는 문학작품이 다른 텍스트들, 예컨대 철학이나 사회과학, 인문 과학, 종교, 사회 이데올로기, 저널리즘 텍스트 등과 만나는 지점이 된다.[1] 이렇듯 소설은 한 편의 이야기지만 주

---

1 Menachen Brinker, 「Theme and Interpretation」(Harvvard U.P,1993)

제를 통하여 다른 학문의 영역과 만나기도 한다. 또한 주제를 통해야만 비로소 작품 해석이 가능하다는 명제는 달리 말해 작품의 주제를 제대로 밝혀내지 못한 해설은 글솜씨 자랑에 지나지 않는다는 뜻과 진배없다.

한편, 문학의 자기 목적성을 강조하는 이론은 무엇보다 문학 작품의 내용과 형식은 구별되지 않을 뿐 아니라 구별할 수도 없다. 말하자면 이 두 요소는 동일한 것으로, 작품의 주제가 무엇인가 하는 문제는 곧 그 작품이 어떻게 구성되어 있는가 하는 말과 다르지 않다는 것이다. 이는 작품의 형식이 곧 주제라는 뜻이고, 나아가 주제란 작중 인물을 통한 묘사나 진술이 아니라 이미지, 상징, 모티프, 구성 등을 종합하여 작가가 자연스럽게 작품 안에서 드러내는 삶에 대한 태도라고 정의한다.

문학작품의 주제적 접근은 문학작품 분석의 본질적인 한 부분이다. 주제를 의도적으로 무시하는 성향의 창작이 주를 이루는 시대에 주제 비평은 퇴색한 문학평론의 한 방법으로 폄하되거나 소재주의 문학연구의 한 갈래 정도로 인식되는 경향이 있지만, 오늘날에도 여전히 문학 작품 해설에 주효하다.

*

이 책에 실린 일곱 편의 단편은 장편과 달리 그 내용이 다

채로워 각 작품들의 주제를 하나의 그릇에 담기는 어렵다. 작품의 처음과 끝을 관통하는 그 무엇이 주제라고 정의할 때 이 책에 실린 일곱 편의 단편을 관통하는 정신을 찾아내거나 발견하는 일은 말처럼 쉬운 일이 아니다.

문학평론가 김진수는 박석근의 소설을 이렇게 평한 바 있다.
"박석근의 소설 세계는 현실에서 살아남기 위해 인간성과 자존감을 버려야 하는 벼랑 끝에 몰린 인물들을 통해 자본의 폭력에 일상을 잠식당한 사회적 약자들의 조명이고, 유토피아적 삶의 역설을 통해 안온한 삶을 견디지 못하고 추락하는 현대인의 정신적 불안과 소외의 추적이며, 삶에 대한 근원적 성찰의 결과물이다. 결국 허구로서의 소설이 실재로서의 현실에 대응하는 가장 급진적인 방식은 허구의 이미지를 통해 현실의 배후에 똬리를 틀고 있는 이미지의 허구를 폭로하는 것이리라. 박석근 소설은 앞으로도 여전히 허구의 이미지를 통해 이미지의 허구를 드러내는 아이러니를 실험할 것이다."[2]

박석근 작가의 소설 세계에 대한 문학평론가 김진수의 예견은 정확했다. 그러므로 이번 소설집은 그의 앞선 소설집 『남자를 빌려드립니다』의 연장선 위에 있다고 보아야 할 것이다. 문학창작이란 영감을 받아서 하는 작업이긴 하지만 하늘에서 갑자기 뚝 떨어지는 게 아니라 인간의 역사와 마찬가지로 작가

---
2 김진수, 허구의 이미지와 이미지의 허구.

의 내력(來歷)에 의한 결과물이기에 그러하다.

  표제작 「인어를 보았다」를 먼저 살펴보자. 이 작품은 인어를 봤다고 주장하는 '창수'의 이야기다. '창수'와 '나'는 고등학교 동창생 관계로 '창수'를 가장 잘 아는 사람은 '나'라 할 수 있다. '창수'는 여의도 증권가의 전도유망한 '증권 맨'이었는데, 한순간 실업자로 전락하고, 친구들 사이에 기피 인물이 된 사람이다. 그는 이혼을 당한 뒤 동가식서가숙하며 주변 사람들에게 돈을 빌리고 갚지 않는 등 비루한 생활을 이어간다. 그러던 어느 날부턴가 '인어를 보았다고' 떠벌인다. '창수'가 인어를 보았다는 말은 참말일까, 거짓말일까? 아니면 나락으로 떨어진 비참한 생활을 견디지 못한 나머지 실성이라도 한 걸까? 소설은 이런 궁금증을 유발하며 인어 이야기에 빠져들고, 여기에 구어체 문장이 한몫 거들어 가독성을 높이니 독자들은 더한층 이야기에 몰입하게 된다. '나'와 주변 인물들이 '창수'의 말을 반신반의하는 동안 '창수'는 실종되고, '나'는 '창수'가 인어를 보았다는 새벽의 그 해안가로 차를 몰아가고, 소설은 거기서 끝을 맺는다.

  비평적 관점에서 보면 '창수의 인어'는 하나의 메타포이다. 그렇다면 대체 무엇 때문에 '창수'는 21세기 대명천지에 그런 기괴한 말을 떠벌이는가? 소설의 주제는 그러므로 이에 대한 대답이 될 것이고, 다음과 같은 '나'의 독백으로 짐작해볼 수 있겠다.

고백하건대 나는, 나 이외의 삶에 별반 관심을 기울이지 않는 부류의 인간이다. 때로 타인의 삶에 관심을 기울이기도 하지만 그건 어디까지나 그런 척했을 뿐이다. 그러한 삶의 태도가 바르고 바르지 않고를 떠나서, 또 의식적이건 무의식적이고를 떠나서 어쨌거나 나는 타인의 삶에 관심을 갖는다는 게 그다지 길지 않은 인생을 사는 데 있어 비효율적이라고 생각했다.

돌이켜보면, 다른 사람이라면 몰라도 나는 마땅히 창수의 삶에 관심을 가졌어야 했다. 어려움에 빠졌을 때 위로의 말 한마디쯤 했어야 하고, 직장에서 목이 잘렸을 때 머리를 맞대고 생계대책을 의논했어야 했다. 그리고 이혼했을 때는 그와 한목소리로 마누라를 성토했어야 했다. 나는 그의 삶이 급류에 휘말렸을 때 처음부터 끝까지 방관자였다. 그러다 문득 이런 생각이 들었다. 그가 위기에 몰린 것과 인어를 보았다는 것 사이에 어떤 연관성이 있는 건 아닐까 하고.

위 진술로 미루어볼 때 '창수'가 인어를 보았다고 떠벌이는 이유를 '창수'에게 찾을 게 아니라 인생에 실패한 '루저'를 외면한 '나'와 주변 인물에서 찾는 한편 소시민적 삶에 대한 반성을 촉구하는 것으로 들린다. 현대인의 이기적 삶의 특징은 타인의 감정이나 어려움에 공감하지 못한 채 자신의 감정만 중시하며, 물질적 성공이나 소유를 중요하게 여긴 나머지 타인의 가치를 물질적 소유를 기준으로 판단한다. 이는 개인의 행복뿐만 아니라 사회 공동체의 건강한 발전을 저해하는, 한마디로 아우라 없는 복제의 세상이다.

이런 소시민적 삶에 대한 성찰은 「삼가 명복을 빌다」에서도 재현된다. 명문 S대를 졸업한 수재가 폐인이 되어 나타난 이 소설은, '창수'가 인어를 보았다고 떠벌이는 이유를 정확히 모르듯 폐인이 된 연유를 모르지만 다음과 같은 묘사에서 숨은 그림을 찾을 수 있다.

> 그 대신 아내가 차려준 늦은 저녁을 먹으며, 그가 폐인이 된 연유를 물었다.
> "정애 말로는 회사 잘 다니던 사람이 갑자기 사라졌고, 일주일 뒤에 집에 들어왔대요."
> "그동안 실종 신고하고 난리도 아니었겠네."
> "말해 뭐해요."

S대학을 졸업하고 대기업 사원이 된 그가 갑자기 사라졌다가 일주일 만에 집으로 돌아왔다는 건 하나의 사건이다. 그런

데 소설은 사건이 일어난 원인과 배경을 생략한 채 폐인이 된 '그'의 일상생활을 이야기한다. 앞서 「인어를 보았다」에서 '창수'가 인어를 보았다고 떠벌리고 다니는 이유를 유추해보았듯이 「삼가 명복을 빌다」의 주인공인 '그'가 폐인이 된 이유를 현대 사회와 관련지어 추리해볼 수 있다. 일찍이 질 들뢰즈와 가타리는 『앙티 오이디푸스』와 『천 개의 고원』이란 책에서 리좀(Rhizome)이라는 개념을 통해 이렇게 말했다. 끊임없이 변화하는 현대 사회에서 현대인은 더 이상 고정된 자아를 가지지 못하며, 끝없는 욕망과 자극 속에서 정체성을 잃는다. 삶의 의미가 상실되고 자아마저 붕괴된 사람에게 '나는 누구인가?' 라는 질문은 무의미하고, 사람들은 점차 자기 자신을 잃은 채 아무것도 하지 않으며 현실과 단절된다.

삶의 의미를 상실하고 정체성을 잃어버린 현대인의 삶에 대한 묘사는 「단식 시민」에서도 뚜렷이 나타난다. 이 소설의 배경은 인류가 음식 대신 고농축 영양제를 복용하는 미래 시대로, 식당은 강제 폐쇄되고 인류는 음식의 맛을 알지 못한 채 살아가는 디스토피아 세계이다. '그'는 식당 영업을 허용하고 음식 맛을 보장하라면서 목숨을 걸고 단식 투쟁을 하지만, 대중의 눈에는 단식 기록을 깨느냐 마느냐 하는 구경거리가 되고, 정쟁의 희생양이 될 뿐이다.

「밤으로의 여행」은 에세이 소설이다. 일반적인 소설이 사건

전개와 인물의 행동을 중심으로 이야기를 끌어가는 반면에 에세이 소설은 작가의 주관적인 생각, 성찰, 경험 등을 이야기 속에 자연스럽게 녹여낸다. 그날 '나'와 오 선생, 그리고 오 선생의 제자인 '그녀'는 증평에서 장류를 담그며 사는 '공병임 씨'를 찾아가고, 그들은 항아리가 수백 개 있는 그 집에서 숙박하지 않은 채 각자의 생활 터전이 있는 도시와 반대 방향을 향해 달린다. 제목「밤으로의 여행」이 암시하듯 그들은 제각기 내면의 어둠을 향하여 여행을 하는 것이고, 그렇기에 편안한 잠이 보장된 항아리가 수백 개 있는 집을 떠나지 않을 수 없었던 것이다. 그들 내면에 깃든 어둠의 정체는 자아와 정체성이 상실된 현대인의 어둠에 다름 아니며, 그러므로 소설의 첫 장면 〈각자 자기의 인생을 색으로 표현한다면 무슨 색일까요?〉라는 물음에 대하여 등장인물 제각기 농도만 다를 뿐 밤의 색, 즉 검은색이었던 것이다.

「이미테이션」은 자신이 흉내 내는 원곡 가수를 살해하려 한 모창 가수의 파란만장한 일대기이다. 이 단편은 근래 보기 드문 수작으로, 오늘날 여성 편향 문학이 성행하는 풍토 위에 저 멀리 나부끼는 깃발 같은 소설이다. 여기서 여성 편향이라 함은 사회적 현상이나 문제를 분석할 때 여성의 관점을 중심으로 해석하거나 여성의 경험을 중요하게 여기는 태도를 말한다. 좀 더 구체적으로 여성의 내면 심리, 사회적 역할, 억압된 현실 등을 섬세하게 묘사하며 여성의 목소리를 대변하는 작품들이 이에 해당한다. 또 문학 작품을 분석하거나 비평할 때에도 여성주의적 관점을 적용하여 성별에 따른 권력 관계, 사회적 위치, 성차별적 요소 등을 비판적으로 해석한다. 그런 의미에서 「이미테이션」은 오늘날 여성 편향적 작품들을 뒤편으로 따돌리기라도 하듯 힘 있는 문체로 주제를 향해 나아간다.

이 작품의 화자(話者)는 「인어를 보았다」에서 보듯 화자는 '나'지만 묘사의 대상은 '나'를 통해서 본 기이하고 파란만장한 삶을 살다 간 한 모창 가수의 이야기다. 그러니까 '나'는 그 모창 가수의 아들이고, 어렸을 때 그가 죽은 탓에 기억은 하나도 없지만 요양 병원에 있는 어머니로부터 들은 말을 바탕으로 기이하고 파란만장한 삶을 재현한다. 그것은 '나'의 몸에 어쩔 수 없는 딴따라 피가 흐르기 때문이기도 하다.

'이미테이션(Imitation)'은 말 그대로 다른 사람이나 사물의 행동, 스타일, 특징 등을 따라 하는 행위다. 모방과 비슷한 말이지만 약간의 차이가 있다. 모방은 학습, 발전, 창조 등의 목적으로 이루어지는 반면 이미테이션은 원본의 외형을 따라 하여 이익을 얻으려는 목적을 띤다. 모방이 긍정적인 가치를 가질 수 있는 것이라면 이미테이션은 원본의 모방일 뿐이다. 이미테이션 가수인 그는 이미테이션이라는 굴레를 벗어던지기 위해 상상을 초월하는 노력을 한다. 단순히 흉내 내는 것을 넘어, 원곡 가수의 음색, 발음, 습관적인 표현, 바이브레이션, 호흡, 감정 처리까지 세밀하게 따라한다.

그는 밤무대에서 벌어들이는 수입과 거기에 빚까지 얻어 남진아를 닮는 데 쏟아 부었다. 남진아를 닮을수록 수입도 늘어났다. 그의 아내는 어느새 가수 나진아의 헌신적 조력자로 탈바꿈되었다.

그는 거기서 멈추지 않고 성형수술을 감행했다.

그가 성형수술을 감행한 것은 원본이 되고자 하는 열망 때문이고, 아우라(aura)를 갖기 위함이었다. 아우라는 독일의 철학자 발터 벤야민이 사용한 용어로, 기술 복제 시대에 예술 작품이 지닌 독특하고 고유한 분위기, 즉 원본이나 진품의 독특하고 고유한 분위기를 의미한다. 아우라를 갖기 위한 그의 노력은 처절하리만치 집요해서 인격마저도 훔쳐 와야 할 대상이었다. 그리하여 그는 신체뿐만 아니라 취향까지 원본과 똑같아졌다. 이제 그의 미메시스(mimesis) 욕망은 원본을 전복하고 대체하는 것이다. 어차피 대중들은 미디어에 비친 이미지에 열광하는 것이고, 원곡 가수 가왕과 똑같아진 그 또한 하나의 이미지이다. 현대사회에서 하나의 이미지는 다른 이미지를 전복하고 대체한다.

사회철학자 장 보드리야르(Jean Baudrillard)는 현대사회의 미디어는 현실을 조작하고 대체하며 왜곡한다고 간파했다. 원본과 복제의 구분이 사라질 뿐만 아니라 오히려 복제가 실제를 대체하는 현상이 발생한다고 주장했다. 대중들은 이미지를 소비하며 시뮬라크르(simulacres) 세계에서 왜곡된 미디어를 진실한 것으로 받아들인다. 이러한 이미지들은 실제보다 더 강력한 영향력을 행사하고, 대중들은 그것들을 통해 현실을 경험하고 판단한다.

「이미테이션」의 주인공인 '그'는 보드리야르가 말하는 원본의 복제품이다. '그'는 원본을 전복하기 위해 중대 결심을 한다. 유일무이한 진본만이 아우라가 있듯 하늘에 태양은 두 개일 수 없다. 원본과 복제 중 하나는 사라져야 하고, 만약 원본이 사라진다면 복제가 진본이 될 것이다. 이 이론에 따라 그는 칼을 품은 채 가왕의 저택 담을 넘었지만 미수에 그치고, 결국 감옥에서 스스로 삶을 마감한다. 이야기의 끝을 놓고 보자면 작가 박석근은 시뮬라크르 세계를 수긍할 수 없다고 말하는 듯하다. 만약 이미테이션 가수인 '그'가 원곡 가수를 제거하여 완벽히 대체했다면 시뮬라크르는 완성되는 것이지만, 소설의 결말은 그것과 반대로 시뮬라크르의 붕괴이기에 그러하다.

「풍도기행(風島紀行)」은 같은 아파트단지에 사는 가난한 예술가들이 등장한다. 그들은 관리비를 여러 달 내지 못한 악성 체납세대 특별관리 대상이지만, 예술과 가난이 모래와 자갈을 견고하게 굳히는 시멘트처럼 그들을 결합시켰다. 그들은 각자 일 년 치 관리비에 상당하는 술을 밤새 마시며 세상 시름을 잠시 벗어난다. 이 대책 없이 사는 군상들에 대하여 문학평론가 김진수는 '상실과 소외를 앓는 현대인의 초상'이라 명명한 바 있고, 이런 구도는 일찍이 윤후명이 '원숭이는 없다'에서 보여준 바 있다. 결국 이 세상에 원숭이는 없고 진본의 복제라 할 수 있는 서커스 원숭이밖에 없고, 이는 다시 말해 '아우라 없는 복제들의 세상'에 다름 아니다. 여름 끝자락, '오 형'이 요양하고 있는 섬 풍도(風島)로 여행을 떠나는 인물들은 문학평론가 김진수의 표현을 빌면 '소외된 현실을 벗어나기 위한 피난처'를 찾기 위한 것이고, 이들이 닿고자 하는 풍도는 '싱싱한 바다로 상징되는 유토피아'이다. 그러나 유토피아가 관념의 산물이듯 세상을 벗어난 그들이 찾아간 풍도는 피난처가 될 수 없다. '오 형'은 이미 죽어 '풍장'이 치러졌고, 홀로 남은 그의 어머니가 덩그마니 빈집을 지키고 있을 뿐이다. 언뜻 이 소설은 가난한 예술가소설로 볼 수 있으나, 앞서 살펴본 작품들처럼 이들은 '아우라 없는 복제들의 세상'에 겨우 존재하는 인물들이다. 예술 행위로 인해 가난해지고 급기야 이혼까지 당한 인물들이 나누고 있는 대화에 주목해보자.

"원시시대 알타미라 동굴벽화를 그린 사람은 대체 뭘 먹고 살았을까요? 남들이 사냥을 떠났을 때 동굴에 남아 그림을 그렸을 텐데 말이죠."

"그러게요, 궁금하네요. 동굴벽화 주인공들은 대체 뭘 먹고 살았을까요?"

정 형이 호응했다.

"사냥 갔다 온 사람들이 자기들이 살던 동굴이 달라진 걸 알고 먹을 걸 나눠주지 않았을까요."

이들은 아우라 없는 복제품이 원본보다 더 중히 여겨지는 시뮬라크르 세계에서 서서히 도태되고 있는 예술가들이다. 이들은 세상에 갇히기를 거부한 채 일탈을 시도하지만 실패한 채 여객선에서 다음과 같은 대화를 나눈다.

"오형이 어머니에게 풍장을 유언한 이유가 뭐겠습니까. 바람이 되고 싶었을 겁니다. 우리가 유고시집을 세상에 내면 바람이 되고픈 오형은 바람이 되지 못한 채 여전히 세상에 갇히고 말겁니다."

그리고 이들은 여객선 갑판에서 '오형'의 시를 한 장씩 찢어 바람에 날려 보낸다. 시인의 자필 원고(원본)를 함부로 편집·발간하는 행위야말로 아우라가 없는 복제를 만드는 것이고, 그럴 바엔 차라리 원본을 없애버리는 게 바람직하다는 것으로 읽힌다.

아우라의 개념은 비단 예술작품에만 해당되는 게 아니라 사람에게도 적용된다. 그것은 한마디로 사람의 존재 방식에서 느껴지는 힘이라 정의할 수 있다. 기실, 현대인들은 아우라 없이, 아우라를 상실한 채, 아우라의 중요성을 망각한 채 살아가는 존재들이다. 박석근 소설에 등장하는 인물들은 애초 없던 아우라를 만들거나, 잃어버린 아우라를 되찾거나, 잃어버리지 않으려고 애쓰는 사람들의 이야기다. 「이미테이션」에서 원본과 똑같아지기 위해 피나는 노력을 하는 '그'가 그러하고, 「사랑하지 않으면 멸망하리」에서 이사를 한 뒤 전에 살던 집에 숨겨놓은 연서(戀書)를 한사코 찾으려는 '그녀'가 그러하고, 인어를 보았다고 떠벌리고 다니는 '창수'가 그러하고, 「삼가 명복을 빕다」에서 잘나가던 대기업 사원이 폐인이 된 이유가 그러하다.

이 세계는 실재가 사라지고 기호와 이미지가 넘쳐난다. 원본 없는 복사본, 아우라 없는 복제들이 실제보다 더 중요하게 여겨지고, 이러한 이미지와 기호에 의해 사람들은 사고하고 행동한다. 이것은 부정과 긍정의 담론을 넘어 현대사회에의 현상이며 조건이다. 주지할 것은 시뮬라크르 세계를 이해하고 그 안에서 비판적 사고능력을 키우며, 아우라 없는 복제들과의 정상적 관계를 모색하는 일이다. 박석근 소설들은 바로 그러한 관계를 모색하는 지점에 놓여있고, 그의 소설들이 비판적 사고능력을 키우는 데 일조하고 있다는 것이다.

작가의 말

  길은 어디에나 있고 어디에도 없다는 걸 알면서 길을 나선다. 걷다 보면 앞선 길이 뒤처지고 뒤처진 길이 어느새 저만치 앞서간다. 불온한 생각들이 샛길을 만들지만, 포플러 길이 소실점으로 사라지는 길을 다시 잡아든다. 포플러 우듬지는 반성도 뉘우침도 없이 푸른 하늘을 우러르고, 따뜻한 햇살이 응달로 눈을 치운다. 눈이 녹은 길에는 부끄러운 것들이 하나씩 드러나고, 앞선 길과 뒤처진 길이 만나는 곳에 이정표가 보인다. 잔설의 포플러 길, 잔설에 찍혀 있는 새 발자국은 나보다 먼저 멀리 간 누군가의 흔적, 길은 어디에나 있고 또 어디에도 없다는 걸 알면서도 집을 나선다.

                              2024. 12. 어느 날, 송도에서.

인어를 보았다

2024년 12월 20일 1판 1쇄 찍음
2024년 12월 30일 1판 1쇄 펴냄

지은이 | 박석근
펴낸이·편집장 | 윤한룡
디자인 | 윤려하
관리·영업 | 이소연
홍보 | 고 우

펴낸곳 | (주)실천문학
등록 | 10-1221호(1995.10.26)
주소 | 경기도 남양주시 퇴계원읍 퇴계원로 52 405호
전화 | 02-322-2161~3
팩스 | 02-322-2166
홈페이지 | www.silcheon.com

ⓒ 박석근, 2024
ISBN 978-89-392-3166-5 03810

인천광역시 인천문화재단

본 도서는 인천광역시와 (재)인천문화재단의 후원을 받아 '2024 예술창작지원사업'에 선정되어 발간되었습니다.

이 책의 내용의 전부 또는 일부를 재사용하려면 반드시 지은이와 실천문학 양측의 동의를 받아야 합니다.